ここからは、オトナのはなし

東京、30代前半、結婚と離婚

LiLy

宝島社
文庫

宝島社

イントロダクション

　ベッドの中で、気合いでパチッと目を開ける。このままとろんと眠ってしまいたいところだけど、その体温すら愛おしい首からそぉっと腕を引き抜いて、ヒンヤリとしたフローリングに足を下ろす。バルコニーへと通じるガラス戸を引いたらキィッと音がして、その小さな音にも焦って耳を澄ます。よかった。部屋の中は静寂に包まれている。

　外の空気が頬に当たる。ライターでカチッとタバコに火をつけ、夜の東京の光をぼんやり眺める。

　ふぅ。昭和でいう、ホタル族。ただし私はお父さんではなく、お母さん。

　出産を2回経験し、つまりは2度の長期にわたる禁煙生活を経て、私は今また吸っている。久しぶりの1本目はビックリするほど不味《まず》かった。それなのに。オトナぶりたくってたまらない10代の不良少年のような必死さで、タバコにふたたび慣れようとしている30代の自分がいた……。あの衝動は、一体なんだったんだろう（苦笑）。『お疲れ自分』だったのかもしれないし、『ただいま自分』だったような気もしている。そしてその両方を、今も感じながらけむたい煙をゆっくり吸う。馬鹿よね。本当に。時代遅れなスモーカー。知っているわ。そんなの。でも思う。

あぁ、寝かしつけた後の一服、マジで美味《うめ》ぇ。

ギャル世代特有の言葉使いの悪さが未だに抜けぬ、そんな心からのつぶやきは打ち込まずにツイッターをぼんやりスクロール。世界中が寝静まった深夜の中にぽつんと立っているような気分だったけど、まだ22時にもなっていなかった。ＴＬは、深紅のワインが注がれたクリスタルグラスの写真やイベント情報のＲＴなんかで賑《にぎ》わっている。

そうか、金曜の夜なのか。

みんながきちんと化粧をしている気配がする。そんな中、生活臭満載の育児ツイを投下した女友達のアイコンを見つけ、嬉しくなって思わず電話をかけていた。３コール鳴らしても出ないので、寝かしつけている最中かもしれないと思い立って慌ててプツッと切る。

そういえば最近話していなかった、と別の女友達を思い浮かべて隙間なく電話を鳴らしてみる。そのコール音が私に、彼女が海外にいることを初めて告げる。いつから、何の仕事で、どこの国に行っているのか。親友のスケジュールをまるで恋人かのように把握していた頃もあったのに。あとでFacebookを見てみよう、と思いながら留守電に切り替わった通話を切った。

ガラス戸越しに部屋を覗くと、子どもたちはぐっすり眠っている。夫は今夜も遅いという。私はもう1本、タバコに火をつける。

20代から、ものすごく遠くに、来た気がした。

既婚、独身、バツ1バツ2、子どものありなし、そして仕事。ひとりとして、自分とまったく同じ状況にいるヒトなどいない。

もちろん、そんなことは今に始まったことではないのだけど、それでも。10代から20代にかけての私たちは、まるっとおんなじようなところにいた。同じような時給でバイトをして、同じような恋愛トラブルをシェアして笑って、時には泣いて抱き合った。

生まれ落ちた家族と自分でつくる家族のあいだにいた、あの頃。それぞれの歴代の彼氏との思い出をリアルタイムで共有する女友達こそが、家族のような場所だった。

そこから少しずつ、ひとりずつ、結婚、出産、転職、転勤、とそれぞれの人生が枝分かれしはじめ、30代。私たちはすっかり、それぞれ異なる枝の中に住んでいる。

個人的には、子どもを持つことによる生活環境の変化は巨大だった。たった5年前まで週3でクラブに行くような生活をしていた私が、金曜の夜だということも忘れて4歳と2歳の子どもの育児に没頭している。今も現役のパーティガールな女友達や昔からの読者の方からしたら、私こそ、違う惑星へと引っ越していっちゃったヒトなのかもしれない（涙）。

でも、ほんとうにここは違う惑星なんだろうか。違う。いや、そうかもしれないと、時々私は首をひねる。自分自身の芯の部分は何も変わっていないと思っているが、これだけ生活と、その中心となる軸が変われば、その中にいる私が変わっていないはずがないようにも思う。というよりも、子どもが生まれたその日から、大きな何かに呑《の》み込まれるようにして〝お母さん〟というもうひとりの自分がつくられていったので、自分自身の内側の変化を認知するスピードが追いつかない。

10代の頃からずっと開けたいと願ってきたドアが遂に開き、その中で暮らしはじめて5年になる。私が求めていたのはコレだという幸福感に包まれる一方で、その後ろでパタパタと閉まっていったドアの存在にも、閉じた音がして初めて気づく。だからこそ、「結婚しないのは今のままが最高に楽しいから」だと笑う女友達の笑顔もまた、純粋にキラキラ眩《まぶ》しく見える。

素晴らしい時代だと、心から思う。女性にとっての人生の選択肢が増え、ライフスタイルが細分化し、価値観自体が多様化した。いや、今まさに現在進行形で、し続けている。「幸せのかたち」がひとつなんかではないことを、ひとりひとりが〝生きる証人〟のようにして表現しまくっている時代が、今。

インスタのフィルターがかかった日常生活の写真は、誰のものも鮮やかで、時にパステルで、常に素敵。けれど、そこからこぼれ落ちる、否、あえてそこで振り落とす、日々のリアルな事情ならきっと誰もが抱えている。でもそれが、あまりに「それぞれ」すぎて、どんなに寄り添いたくてもその距離感に、悩むことも増えてきた。

流されたくはないと思いながらも参考にしてきた「みんなはこうしている」の「みんな」自体が消えはじめた。たとえ相手が同じような境遇にいる女友達でも、収入を含めた仕事環境などは当然バラバラ。「じゃあ私もそのドレスの色違い買おっと」などという気軽さで、真似できるライフスタイルなどひとつもない。

自分の迷いは自分で何かを決めることでのみ打ち消され、その決断は時に、自分以外の子どもや夫にも影響を与えることもある。選択することの重みは増したのに、その悩みを話すことで誰かに分散しにくくなった。

そんなの当然といえば当然だし、それこそがオトナになるということなのだと実感しながらも、

女友達と枝が分かれたことに、私はまだ、少し不慣れだ。

吸いたくもないのに無意識のうちに火をつけていた3本目のタバコを揉み消しながら、あぁ、と思う。今、この胸の中にあるこの寂しさの種類が、新しいものだと気づいて、改めてまたハッキリと確信する。

10代からずいぶんと長く引き延ばしてきた「青春」は、遂にほんとうに終わったのだ。そこにもまたひとかけらの切なさを感じるけれど、終わることでしか、新しいステージは始まらない。

「30歳」をいろんなことのゴールとして勝手に設定し、呪いのような焦りと共に生きた20代。そんな10年を経てたどり着いたここは、オトナとしての、ほんとうの意味でのスタート地点だった。

若さゆえの過剰な自意識からもやっと解放されはじめた今日このごろ。何かにつけて〝オトナのせい〟にしてきた社会問題も今や丸ごと自分ごと。いろんなことがよりクリアになってゆく視界の中で、「30代のそれぞれのリアル」を、これからここに綴《つづ》っていきたい。

『タバコ片手におとこのはなし』で、20代の女同士の青春を描いてから、約10年。

——ここからは、
あの頃の私たちには分からなかった、『オトナのはなし』。

ここからは、オトナのはなし

東京、30代前半、結婚と離婚

Talk 1　未知なるゾーンへの突入

それでもまだ背伸びしていたい欲　★★★★★

今だけを見ている男はね、気楽でいいよ。私たち女はね、その先まで見ているからいろいろと複雑なのよ。――私たちはいつだって「先まで」見ている――そんな自負があった。20代、ううん10代後半くらいの頃から、ずっと。

「たとえ今好きでも、関係に未来が見えないのならこのブレーキは外せない」、「だよねだよね」と盛り上がった。本来はどうあがこうと落ちてしまうのが、恋なのに。そんなコントロール不可能な領域に手作りのブレーキをブチ込んでしまうほど、「自分の将来のこと」に対しては誰もが真剣だった。それなのに、

あ、あれ？

出産後、育児の想像以上の大変さと、その中で勃発しまくる夫婦喧嘩《げんか》に頭を抱えて

いたある夜、私はひとりハッとした。その時、初めて気がついたのだ。私が10代の頃から見据えてきた（気満々だった）「その先」とは「結婚して出産するところまで」だったということに。自分が立っている「今」は、あの頃には想像すら追いつかなかった「未知なるゾーン」。

その頃の私は、育児と仕事を両立するための具体策を見つけられずに、悩んでいた。こんなにもグルグルと迷い続けている状況そのものが、初体験だった。我が子と離れることを想像しただけで胸が張り裂けそうになり、波に乗り出した仕事をバッサリ中断することを思うと叫び出したくなった。

なにこれ。どうしよう。答えが出ない。〝仕事を辞める〟という自分の中にはなかったはずの選択肢まで浮上してきたことに、ビックリして、混乱しすぎて、一瞬、頭が真っ白になった。

あ、あれ？　私この先仕事どうするの？

それは今まで味わったことのない種類の、ちょっとした衝撃だった。一瞬、ポカンと口が開いてしまうような感覚を、今でもよく覚えている。

一方「結婚はしたくないけど、子どもは欲しい」という未来をイメージしてきたという女友達（35）も、同じようなタイミングでその感覚を味わったという。

たとえばFacebookで高校の同級生が産んだばかりの赤ちゃんの写真を見ると、「うわぁ私もいつか」と思うのだけど、次の瞬間には仕事の電話が入ってiPhone画面が切り替わる。大事なクライアントの名前を見た瞬間に、頭の中の赤ちゃんはパッとどっかに吹き飛んじゃう。仕事を終えた夜の10時くらいに、昼に打った「おめでとう」コメントに返信がきたことでもう一度、iPhoneに赤ちゃんがあらわれて、そこでもう一度思い出す。でもメイク直しが完了した頃にはまた忘れていて、女友達と飲んで歌って深夜1時頃に帰宅して、同棲中の年下の彼氏といつも通りの避妊セックスをして、一日が終わる。

35歳で自由な状態がこんなにも楽しいということがまず、想定外だったと彼女は言う。とはいえ子どもが欲しいなら、「いつか」と言っていられる時期は過ぎたと分かっている。目標から逆算して考える「時間」そのものが減ってきている。その、初めての事態にハッとする。とはいえ、まだ20代の彼氏に今すぐに、「自分が育てるから子どもをつくらないか」と切り出すほどの覚悟は決まらない。どうしよう。

仕事だってなんだって、いつだって計画性と行動力を持ってやりたいことを実現させるのが、私のやり方だったはずなのに。

――と嘆いた彼女だが、その行動力なら健在だ。女友達と一緒に観たサーフィン映画に感動し、彼女と有休を合わせてＬＡ旅行を計画。やりたいと思い立った半年後には、初めてのサーフィンを実現させた。そうして、こんがりと焼けた肌で意気揚々と到着した羽田空港で、彼女は唖然《あぜん》としたという。同級生が産んだばかりだと思っていた新生児が立派な幼児となり、1本のロウソクを立てたバースデーケーキの前で笑っている写真を、なにげなく開いたFacebookで目撃し

あ、あれ？　私この先子どもどうするの？

何かをグルグルと迷った状態のまま、目の前の生活が時間に押し流されてゆく、この感じ。私たちが足を踏み入れたこの「未知だったゾーン」は、時間の体感速度が驚くほど速いのだ。

既婚／独身、子どものあり／なしに関係なく、私たちは年末が近づいてくるたびに「1年経つの早すぎる！　去年より今年の方が早くね？」という意見に共感しまくり盛り上がる（かつて恋愛トークに花を咲かせた友人同士、一丸となって盛り上がれる話題がコレというのもなかなか切ない（笑））。

一日なんて、一瞬。1年だって、あっという間に自分の後ろに流れてゆく。このスピードが年々加速し続けるんだとしたら、もうすぐ寿命な気さえする（泣）。いや、ちょっと待て。そんな風にヤケになって極端なことを思うから、余計に「今」をきちん

と捉えられなくなるんだ!! と、自分にツッコミを入れて、深呼吸。

仕事盛り、育児盛り、遊び盛りの、女盛り。オトナとしてのすべての旬がここに一気に集結したと言っても過言ではない、30〜40代。やるべきこととやりたいことは山盛りだけど、10〜20代の頃のように〝だったら寝ないでぜんぶやる〟という選択肢は、いつの間にか消えていた。

それどころか育児中の私の場合、これは子どもが寝てから考えよう、と〝きちんと悩むこと〟すら後回しにしたまま子どもと寝落ちし、気づけば朝だ（号泣）。グルグルと何かを迷っている状態は、いとも簡単にどこまでも長引いてゆく。かといって10年後に同じ悩みを引きずっていたとしても、その時には既に、自分ではなく時間が勝手に結果を出してしまっていることだろう。

「目の前のことをやっていれば、自然と時間が、あなたが落ち着くべきところに連れていってくれるから」という考えも、あるにはある。が、私は昔からそれがとても苦手。全身のチカラを抜いて時に身を委ねるなんて、想像するだけで怖くなる。特に、こんなにも勢いを増して流れ始めた時なんかに、自分の将来を任せてなんかいられない。

きちんと目標を定めて、そこに向かって歩かなくてはと切に思う。目標から逆算した時間に対して焦っていた20代の頃とは、種類が違う。ここから先の目標をピシッと定めきれぬまま「今」が押し流されることに焦っている。

もちろん、どんなに計画したって思い通りにはすすまないのが人生だ。そんなの身をもって知っている。でも、そこに向けて積み重ねていた努力や想いは、たとえ運命が思っていたのとは違う方向に逸れたとしても、決して無駄にはならないということも体感として持っている。

ずっと「その先」に思いを馳《は》せることで前を向いて歩いてきた。だからこれからも「今より先」を見据えていたい。目が回るようなスピードに生活が押し流され、自分の意思がそこに追いつかないこの感覚は、好みじゃない。でも、それでも、追いつかないもんは追いつかない……（涙）。

あぁ！「キスもセックスも恋愛も同棲ついでにセックスレスまで経験しちゃって、男との初めてのことなんて結婚くらいしか残ってないし、結婚だって同棲みたいなもんっしょ」と、人生だいたい分かっちゃった気になって退屈していた過去の自分に、教えてあげたい。あんたが見据えていた未来のその先、半端なく濃いぞ、と。て、はぁ。22、23歳だった自分にマウンティングしてみても意味がない……。

54歳の女友達に、私は素直に話してみた。30代になって初めて芽生えた感情や思いに、まだ慣れなくて少し、戸惑っていることを。鏡に映る自分を見て、「数年前の自分の方が可愛かった」と思う、生まれて初めてのイヤな感覚についても。

そして、聞いた。「この先」の世界は一体どんな感じなのか。30代の私の目にとびっきり魅力的に映る50代の彼女が、今見ている景色を、知りたいと思った。

あぁ。と彼女は微笑んでから、こう言った。

「50歳の誕生日ね、キモチよかったの」

「え？　キモチイイ!?」

「そう。スカッとしてね。ほんとうに。こんなにキモチイイ誕生日は初めてだってくらい、壮快だった。それまでのモヤが一気にぜんぶ晴れた感じで」

「！」

「そうだね、30の誕生日はなんだか一番モヤモヤして、40の誕生日は身が引き締まるような思いで、50歳はね、スカッと爽快！

老いてゆくことも含めて〝自分自分〟みたいなものが、初めてキレイに、消えたのかなあ。ここまでくる途中に亡くなっていった友達も見てきたし、ここまで生きてこられたこと、周りにいてくれたすべての人に対する〝純粋な感謝〟しかなかったのよ。

あとは、そうだな。〝この先にある死〟を、初めて自分ごととして捉えられるようになったことで、ほんとうの意味で自由になれた」

もちろん人によると思うし、こういう格言めいたことを言うのはあんまり好きじゃないんだけど、と言いながらも、澄んだ瞳で私の目をまっすぐに見つめて、教えてくれた。

「この先」にある「死」を、自分ごととして捉えることで、初めてほんとうの意味で「自由」になれた。

彼女の台詞を、私はもう一度自分の中で繰り返した。それは、今の私には想像すら及ばなかった言葉だった。目の前にいる彼女は、ちょっと照れたように肩をすくめて、でも視線を私の目から離すことなく微笑んだ。

目の奥が、キラキラしていてとても綺麗《きれい》だと思った。それは、遠くの方でモノトーンに霞んでいた「その先の先の未来」に、オトナな女友達がパッと綺麗な色をのせてくれた瞬間だった。

いいな、素敵。私もいつか、そこに行きたい。鏡に映る自分の顔に老いを感じるようになったくらい、もうオトナなのに。それでもまだ、自分よりもっとオトナでもっと素敵な女の人に憧れて、近づきたくて、背伸びをしている自分に笑ってしまった。

でも、同時にすごく、ほっとした。

きちんとオトナなミューズたちは「ここから先」への希望をくれる。女性が多くの選択肢を手にしたこの時代に生まれたことを、幸運なことだと改めて思う。そして、女はどこまでも、より美しくより逞《たくま》しく、成長してゆくことが趣味なのだとつくづく私は実感する。

明日の先に明確な憧れを持つことで前を向き、いつだって今より上を目指して背伸びして、今日という時間をしっかりと歩いていきたいのだ。

いつまでも。

Talk 2　青春いつ終わったのか問題

今こそ「旬」度　★★★★☆

「あの時って、青春だったよね」、「うん、まさに」。

いつからか「青春」を過去形で話すようになっていた。記憶の中にある眩しいものを見つめるように、私たちは目を細める。まだまだ若いくせに、そういう時だけはすっかり隠居したじいさんモードで、思い出ばなしに花を咲かせる。

「あの時は楽しかった」という類《たぐい》の話以上に盛り上がるのは、「あの時の私は／あんたは／あいつはヤバかった」という種類の、今だから笑える、痛い過去。

ただ、青春から今に至るあいだに、それぞれが転機を迎えた。仕事や育児や引っ越しで、昔のように全員が集合して語り合うことは難しい。でも、それでも皆で一緒に笑いたくて、ふたりで話した後で、話題にのぼったもうひとりに電話したりする。が、ククッと笑いながら報告しても、「え、その話、まだ笑えない」、「あ（焦）」などと、互いのテンションは時々ズレる（苦笑）。「まだ笑えない」という言葉に私は、ハッとする。

そうだった。私たちはまだ、青春から、まだそう遠くまではきていない。むしろ、つい最近、卒業したばかりの位置にいる。

終わった途端に、やたらと美化されキラキラと輝き出すのが、青春だ。実際にその中にいた時は、楽しいことよりもしんどいことの方が多かったはずなのに。もう戻りたくてもあそこには戻れない、時間は決して巻き戻らない、という事実だけがあの日々を、とてつもなく甘酸っぱく、特別なものとして演出する。

「一生青春！」みたいなアティチュードもあり、とは思う。でもそれは、何を指して「青春」と呼ぶかの、認識の違い。オトナになったことで「刺激的な楽しい時間」が失われたわけでは、決してない。ただ、あの頃と今とでは、その種類が違う。いる場所が違う。10代の頃のノリで生き抜ける30代の生活なんて、1日もない、と私は思う。その違いを日々実感しているから、言い切れる。

青春は、短いから、終わるから、特別なのだ。

では、いつ、終わったのか。昨日が今日に、今日が明日に、なっていっただけにも思える日々の中で、私たちは一体いつ、ひとつのステージを飛び立ったのか。そこにこそ個人差が出ると思い、10代、20代を共に生きた女友達に聞いてみた。

「ねぇ、青春、いつ終わったと思う？」

「妊娠をきっかけに、都内から埼玉に引っ越した時」だと即答したのは、6歳と5歳の年子を育てている専業主婦のA（36）。

「青春は、東京に置いてきた感がある。自分の人生のステージと共に住む場所を変えたから余計に、自分の中で区切りがついてる。あー、自分が好きな時間に寝て、自分のお金で好きなものを買って。うわー自由だったなぁーーって、超懐かしく眩しく思う」

過去に憧れるかのような長ーいため息を電話口で漏らしてから、「でも、あの頃に戻りたいかって言われたら、たった1週間でもムリだ」と言い切る。「だって、いろいろありすぎて、情緒不安定だったもんなぁ〜」と振り返り、笑う。

一方、今も東京でバリバリ仕事をしている独身のB（38）は、「うーん」としばらく考え込んだ。そして、「あ！ 分かった。思い出したわ、その瞬間（笑）」と、何故か含み笑いをしながら長い髪をかきあげた。

「31の時だったかな。高速でスピード違反して〝前の車止まりなさい〟ってパトカーにやられたの。その時、既にもう減点されてて、免停決定だったからちょっと迷った。逃げようかどうしようか（！）。カーチェイスは避けられないだろうけど、運転には自信あるし、もしかしたら撒けるかもって（っ!!）。

でも、会社を立ち上げたばっかだったから、気づいたらおとなしく車を脇に寄せてた。あぁ、もう無茶できねぇんだなーーって、もう若くないわーって、その時、心底思ったわ！」

「え？　嘘でしょ」と突っ込みながらも、それこそ超がつくほどヤンチャだったBらしい「青春の終わり」に思わず笑った。でも、その〝後のことが頭をよぎる感覚〟が年々強くなるのは、すごく分かる。

「私の場合は独身だし、遊びのスタイル自体は20代の頃とほぼ変わってないの。ただ、リリも含めてその頃の仲間が、結婚やら出産やらで、夜の街からどんどんいなくなっていったのは事実。これ、けっこう寂しいもんよ。

でもまぁ、だから夜遊びメンツは入れ替わったけど、みんなでクラブも行くし旅行も行く。でも、バイト感覚で気軽に仕事をしていた頃とは、責任の重みも忙しさもまったく違うから、遊びに出る回数はグッと減った。どんなに盛り上がっても、酔っぱらっても、逮捕されるようなことはしないしね（笑）。失いたくないものが増えた分、当然、怖いものは増えた。

この私が、年々真面目になってゆくよ。

でも、経済力がついた分、行くレストランも泊まるホテルもグレードアップしたし、遊びの範囲は広がるばかり。仕事のやりがいだって、あの頃とは桁違い。むしろ仕事では、家庭がない分冒険できるし、そこの刺激も増えている感じ！」

わぁ、そうだよなぁ、それもそれで、すごくいいなぁ。これぞ「オトナの醍醐味《だいごみ》」とも言えるやり方で、仕事や遊びに没頭する彼女を、子育て中の私は少し羨ましく思った。

私は28歳で出産した。「育児」という新しい世界の扉が開いた分、そのあたりから始まる「オトナ時間」を謳歌する機会はそれと引き換えに失った。嘆いているわけではなく、事実として。そして、そこが私の「青春」の終わりだったと思っている。

とはいっても、その時既に三十路間近。もう十分に大人と言える年齢だった。10代からのずいぶん長く引き延ばした「青春」の延長線上にいて、その中で遊び切った満足感も十分にあった。20代の、果てしない自由にも、夜遊びにも、退屈しはじめた頃だったので、その対極のような「育児」の世界がむしろ新鮮でたまらなかった。

だから、19歳で出産した女友達C（31）が、私の「青春いつ終わったか問題」に「ちょっと待った！」とストップをかけた気持ちはよく分かる。

「青春はもう終わったとか勝手なこと言わないで!! みんなが遊びまくってる時に私は育児に追われていて、やーーっと来年、子どもが中学生。正直、全然遊び足りないの。私の青春は、まだまだこれからなんだからね!!」

夜な夜な遊んでいた頃は後輩だったけど、ママ年齢はずっと上。はっきり言って、大先輩だ。育児は24時間体制だということを、身をもって知って改めて、若くして母となり、20代を育児に捧げた彼女を尊敬している。それこそ私がアホみたいにクラブで踊り狂っていた時に、彼女は寝ることすらできずに授乳やオムツ替えに励んでいたのだ。

でも、その代わりというのもヘンだけど、子どもが二十歳になる頃、彼女はなんとまだ39歳!!

「青春なんかより、もっとずっといいもんが、きっと待ってる」

心からそう思って告げたが、「なんで青春じゃないのよ」と、彼女は不服そうだった。でも、そもそも青春なんて、実際はそんなにいいもんでもない。

世間知らず故に怖いもの知らずで、おまけに地に足も着いていない状態だから、どこまでも暴走/迷走できる。無限の可能性に満ちているからこそ、希望と絶望が入り交じる。刺激的な日々を送っている自分を気取りながらも、一番の刺激は、そんな心の中の激しいアップダウン。

もちろん、それはそれで、魅力的。過ぎたからこそ、そのすべてがキラめいて見える。ただ、そんなもんを現在進行形でいつまでもやっていたら、ただの馬鹿。

育児にも、仕事にも、そこには大きな責任がある。それらの重みを得て初めて、フワフワしていた足がガチッとこの地の上に着く。自分の足で、その一歩を踏み出した瞬間、「青春」は自分の後ろへと流れゆく。すると、独特の切なさと甘さを含む爽やかな香りを、それは背中の向こうで放ち出す。その魅力的な匂いに、後ろ髪を引かれる人が多くいるのも、よく分かる。でもそれはそれで、ちょっと危うい。

一度過ぎ去った青春は、その後どんなにはっちゃけたって、埋まることは決してない。満たされなかった「青春」なんかに呪われてはいけない。自分はもう遊び切ったとほざいている私ですら、そこにきちんと「蓋」をするために、自分でそう思うことにしているところもきっとある。

それは「若さを追い求め続ける女の不幸」にも、通じている。人は、かつて持っていたのになくなってゆくものに、どうしたって執着するものなのだ。

でも、失ってゆくものを一番に追いかけまくるなんて、「人生の逆走」だ。

青春＝人生のハイライト、なんかじゃない。あいつはただのイントロだ。中学までの義務教育みたいなもんで、まだ、みんな子どもだったから全員でマルッとそん中にいたってだけのはなし。ここからは個々に、それぞれオリジナルの世界が広がってゆく。そこが何より寂しいところでもあるわけだけど、互いの人生が枝分かれしても尚《なお》、続いていく友情にこそ、真の愛情が宿るもの。

一生青春？ そんなの勘弁。一生女子？ いやいや、私はきちんとオトナの女になりたい。

「もういい年なんだから」とかいう、つまらない年齢括《くく》りで遊び心を失うとか、そういうことでは決してなく。

いや、むしろ私の場合、4歳と2歳とたわむれる生活の中、未だかつてない勢いで童心に帰りまくりだ（笑）。「オトナの時間」に飢える夜もあるけれど、「子どもとの時間」こそ、今しか味わえぬ貴重なものだと思っている。

それぞれに訪れた、それぞれの「今」を、有り難く受け入れて、どんな枝の中にいようとも、その世界を、目一杯楽しまなければ大損こく。

だって、私たちは遂にここまで、たどり着いた。

「春」が終わり「青」さが抜けた「旬」到来。

Talk 3　旬をどう謳歌するか問題①

充実＝忙殺度　★★★★☆

「青春」なんてただのイントロで、ここからが「旬」だと前に書いた。言葉にしてみたら、スカッとした。キュッと締まったウエストを見せびらかすために〝ヘソ出しルック〟（90年代）でキメた10代の頃のプリクラを見ても、「しょんべんくせぇガキだった」としか思えなくなってきた（ポジティブ）。

ヘソピの跡（と産後ゆるんだ腹）をマキシワンピでふわっと隠し、オトナになった私は歩く。いや、走る。２０１４年の、夏がきた！　30〜40代こそが人生の旬なら、その中でも最もホットなサマーシーズンの到来!! だ。

ガキが地元の流れるプールでナンパ祭りに励むなら、わたくしたちはアフターファイブにオータニでナイトスイム。同じ夜空に打ち上がる花火だって、飲みかけの缶ビールの中にタバコの吸い殻を入れてる男の隣でしゃがみ込んで見上げるのではなく、ホテルの最上階の部屋でベッドに腰掛け、シャンパン片手に――。

オトナの夏を妄想しながら、まだ朝の9時とは思えぬ熱いアスファルトの上を私は歩く。いや、走る。額からまぶたに落ちてきた汗に、マスカラが落ちると一瞬思ったが、そもそもアイメイクなんかしていなかった。

右手に4歳、左手に2歳。保育園までの道のりを、私は毎朝、流れる汗を拭うことすらできずに、ビーサンをつっかけた足でガンガン進む。「今日もお日様が元気だねぇー!」と子どもたちには言いながら、頭の中では〝クソあちーな、おい〟と思っている。

これが私の、夏だ(笑)。

道の向こうから、ハイヒールを履いた美脚の女性が歩いてくる。白いレースの日傘を見て、あ、と思う。勤務先が近くにあるようで、朝のこの時間に、よくすれ違う顔見知り。彼女が子どもたちに優しい視線を注いでくれることが、いつも私はとても嬉しい。でも、出掛けに日焼け止めを塗っただけの自分の顔に自信がないので、軽く会釈しただけでササッとすれ違う。

彼女はいつも、キマッてる。赤すぎずオレンジすぎない口紅の、そのマットな質感まで今っぽい。それに比べて、日焼け止めでバカ殿化(死語)している可能性すらある私の顔……。

ち、違うの。今は保育園の送り中だからこんなんだけど、もっと（私が）素敵な日もあるの！

思わず心の中でそんな言い訳をしてしまうほどにキマっている彼女だが、それらを台無しにするアイテムもひとつ、必ず、身につけている。

日傘を持つその手は常に、日焼け防止の黒いロンググローブで、ガッチリとガードされている！

それは私に、彼女も今は「仮の姿」だということを伝えてくる。彼女にとっても、今はただの通勤中。だからそれをはめている。「今ヘン」でも、腕の白さをきちんとキープすることの方が重要だという判断なのだ。

分かる！　だってそれって「今ヘン」なことよりも、すぐに保育園に送り届けて仕事に着手することを優先させている私と同じこと。

きっと彼女にも、今以上に（彼女が）素敵な日というものがあって、その時はグローブを外し、真っ白な腕をキラキラとさらすのだ。

ただ、すれ違う時は互いに送り中／通勤中の身であるため、いつ会ったって、私は生活感丸出しスタイルだし、彼女もギョッとするほど真っ黒なグローブをはめている。

そして、私たちは、毎日のように会っている（笑）。

つまり、私たちは「毎日ヘン」（苦笑）。それでもこれを「仮の姿」と呼ぶのなら、私たちの「本番」は、いつだ!!(号泣)。

こうやって今の自分を「(仮)化」する癖。これ、今に始まったことじゃない。それこそまだしょんべんくさかった(笑)、青春時代。「今こそ最高」だとイキがりながらも、ちゃっかり理想の未来も視野に入れ、私はよくそこに逃げていた。

たとえば二十歳の夏、新宿ALTAの屋上にて。ショップの販売員としてバイトをしていた仲間と共に、昼休み、日焼けオイルを体に塗りたくって屋上で肌を焼いていた。未来の自分が食らう肌ダメージには無関心なくせに、こんな会話をしたのをよく覚えている。

「10年後はあたし、あっちで買い物する女になるから」、「あぁ、それ、絶対」。

オイルでテカテカのボディにビキニでベンチに寝そべり、片腕をあげ、グイッと私が親指を向けた先には、新宿伊勢丹(笑)。

「今は金がない分若いから激安服でもキマるけど、30代にはイイ女になっていたい」、「あぁ、それ、分かる」。

まずは買い物する場所から、未来の自分をビジュアライズ。浅はかな作戦ではあるけれど、伊勢丹で買い物できるくらいの経済力をあと10年で身につけたい、という目標も同時に未来の自分にブン投げた。

「っていっても、高い服着たババァより安い服着たうちらの方がイケてるけどね」、「間違いない」。

なんてこともぬかしながら（苦笑）、「若い今」はまだ、イイ女になるための「準備期間」だと思っていた。外見的にも経済的にもわがままな理想を10年後の自分に押し付けて、屋上で呑気《のんき》に肌を焼いていた。

そんな頃から「人生の本番」として設定していた時期が、「今」なわけだ。それなのに私はまだ「今日は本番じゃないからテンション」のゆるい外見で生きている（苦笑）。それこそ伊勢丹で買った服なんかが入っているクローゼットこそ存在するが、ソファに脱ぎ捨ててある数着で日常をまわしていたりする（反省）。

ただ、ゆるいのは顔と髪と服だけで、頭と身体は、未だかつてないスピードで休む間もなく稼働中。10時から18時までカフェラテだけで原稿を書き続け、入稿した瞬間に、保育園へお迎えダッシュ。

時間ギリギリで園に滑り込んだ時の汗が乾く間もなく、帰り道。「甘えっ子テンション」になった2歳の娘を抱っこしながら、「ハイパーテンション」で道を猛ダッシュする4歳の息子を追いかける。14キロを抱いた腕に、濡れたバスタオルの入ったプールバッグ×2個と、PCの入ったデカバッグが腕にグイグイ食い込んでくる。

あれ？　携帯が鳴っている。入稿したばかりの原稿についての編集者からの連絡だと、すぐに分かる。何か掲載NGなことでも書いただろうか。不安になるが、携帯を取り出す手がないので知る由もない。家に着いたら折り返さねば、なんて思っていたら息子が不意に視界から消えた。

「危ないから止まりなさぁああいい!!!」

喉がキレそうな勢いで叫ぶと、看板の裏に隠れていた息子がニタニタと顔を出し、腕の中の娘に「ママうるしゃ〜い」と口を塞がれる。ため息をつく間もなく、一度は切れた着信音が、ふたたびバッグの中で鳴りはじめる。

ぅぁぁぁぁ。魂が抜けゆくような息を口から漏らしながら、私はあえてこう思う。

「嗚呼《ああ》、今のあたし〝旬〟すぎる」

育児と仕事の過渡期が、ドンかぶり。こんな生活じゃ、「女」の方は、熟してゆくというより枯れてゆく(苦笑)。だがしかし、これまでの人生で「男」にこんなに求められたことはあっただろうか、という勢いで、子どもと編集者に追われている(笑)。

「ママーママーママーッ!!!」

徐々にヒステリックになってゆく子どもたちの〝合唱〟と、鳴り止まぬ携帯の着信音の中で、私は「旬」を噛《か》み締める。「どんだけ人気者なんだ私は!!!」と、あえて思って白目をむく(笑、うしかない)。

充実している。恵まれている。感謝もしている。もちろんそうだ。が、「充実」というより、これは「忙殺」。

「日常着こそオシャレに」などというキャッチコピーを見るだけで「うるせぇよ」と思うほどに、心の余裕を失っている（号泣）。

しかし、有り難いことに（？）日常に殺されかけているのは私だけではない。他人の目に「リア充」に映る人の大半は、充実なんて飛び越えたところで、忙殺されている。

「あんたがボロボロなら私はズタボロだ」と言い切るのは、年子を抱えた専業主婦の友人だ。私の〝帰り道状態〟が朝から晩までずっと続くと彼女は言う。

第一線で活躍している＝ワーカホリックなクリエーターの友人たちも同類だ。彼女たちのインスタはいつだってズバ抜けて素敵だが、彼女たちがＬＩＮＥで漏らす本音の方もなかなかイイ。

「満月を見ていたら涙があふれて止まらなくなって、しまいには乾いた笑いが止まらなくなった」、「忙しすぎて彼氏に寝顔しか見せてない状態なのに、疲れすぎているからか私の寝顔、目も口も開いているらしい」など。

みんなそれぞれ、なかなかキテる（笑）。

私たちは互いに〝ヤバイ自分情報〟を交換し合って爆笑することで、ボロ雑巾のように疲れた心を慰め合う。そして最後に、「でもそんな今こそ、旬だよね旬！」というキラッとした言葉で、殺人的なハードスケジュールをあえて美しく包み込んで、励まし合う。

だけど、1日に何度も充電し直しながら使いまくったiPhoneを遂に伏せ、ベッドの中で目を閉じた後で、私はひとり考える。みんなもきっとそれぞれ、考えている。

もっとバランスの良い、1日の組み立て方／働き方／生き方を。

シーツの奥に沈んでゆくような重たい疲労感を全身で感じて思う。今はまだ良くても、50、60代になってもこのペースで働き続けるのは体力的に、ムリだ。すると尚更、30、40代のうちにやっておくべきことがもっとある気がしてきて、変に焦る。気づけばまた、「未来の自分」のために身を粉にして走る「今」という図式ができあがる。

「上ばかり見ていると、横を見られなくなる」

昼間に女友達がふと漏らした一言が、脳裏をよぎる。未来を見据えて生きるのは良いことだけど、遂にふーっと、やーっと一息ついて「今」を生きることができるようになるのが、70、80代では、少し、遅すぎやしないか。

――横を見るべきは、ありとあらゆることが現在進行形で起きている「今」なんじゃないか。

そこまで思ったところで、体の充電が、プツッと落ちる。次に目覚めたらもう朝だ。黒いロンググローブをはめたおねえさんとボサボサの私はきっとまた、お互い「仮の姿」でサササッと明日もすれ違う。

Talk4　旬をどう謳歌するか問題②

オトナ初心者度　★★★★★

「私は、時間はあるの」と、彼女は言う。

仕事は、定時の18時にきっちり終わる。20代の大半を共に過ごした恋人と別れてから、もう何年も恋も、お休みしてる。合コンに行っても、いまいちピンとこないし気疲れしちゃう。だから休みの日には、妹の赤ちゃんに会いに行く。癒されるし、この温もりを私も早く、欲しいと思う。

「だからね、暇なのに、そういう意味では時間がないの」

「暇」って言葉を使った彼女の、手入れの行き届いた白く美しい肌を見ながら、私ははたと思う。他人の目には「充実」しているように映るヒトの大半が「忙殺」されているのと同じように、「ゆとり」があるように見えるヒトの多くが「暇」なんだとしたら、それって皮肉。

だって、きっと誰しもが「充実していて余裕もある、バランスの取れた生活」を目指しているはずだから。でも、とここでまた私はハッとする。インスタを眺めていると、自分以外のヒトは全員が全員そんな理想的な生活を送っているように見えるのだから、これもまた不思議なハナシ。

人生の「旬」とも言えるこの時期に、「忙しすぎて余裕がないこと」も「暇なこと」も、同じように「焦り」へと繋《つな》がってゆく。でも、その焦りの種類は正反対とも言えるほどに違うのだから、その想いを共有し合うことは難しい。

仕事に結婚、子どもまで。ぜんぶ手に入れておいて「忙しすぎる、だなんて、贅沢《ぜいたく》な悩み」だと言われてしまえば、実際には切実な問題だとしても、その悩みを口にすることすらできなくなる。また一方で、「暇すぎる、だなんて、贅沢な悩み」だと、乳飲み子を両腕に抱えた〝ダメなのにすっかり母ちゃん化した〟友達に言われれば、独身ガールも黙るしかなくなるだろう。そしてどちらも、何か悪いことをしたわけでもないのに、ヘンな罪悪感をモヤモヤと胸に抱えるハメになる。

そんな不穏な空気が、「青春を共に謳歌した者同士」のあいだに生まれたとしたら、互いの人生の枝が分かれたことに対する寂しさもまた、ひとしおだ。

はぁ、とため息をつきながら私はここで、「謳歌」をググる。

謳歌 「名」(スル)
1. 声を合わせて歌うこと。また、その歌。
2. 声をそろえて褒め讃えること。
3. 恵まれた幸せを、みんなで大いに楽しみ、喜び合うこと。

それぞれが違う場所にいる今を「謳歌」することの難しさが、ここでハッキリ出てしまう。薄々気づいてはいたが、「謳歌」とはやはり、集団で、いっせいに、するものらしい(今更苦笑)。

独身も既婚も、子どものありなしも関係なく、「青春」の次のステージを「旬」と名付け、その中でそれぞれが与えられている幸せを、大いに楽しみたい! たとえ、その気持ちはひとつでも、実際の生活についてのそれぞれの声は、合わないし、揃わない。それでもみんなで大いに、楽しみ、喜び合うことなんてできるのだろうか。

「だから、新しい友達が、できるんだよね」

また別の女友達が、私に言う。確かに、「昔からの友達」がFacebookにアップする写真の中に、知らない顔が増えてゆく。そして、それは、お互いさま。

あんなにピッタリと頬と頬とをくっつけて、何枚も何十枚もプリクラを共に撮った仲なのに、今、それぞれがFacebookにアップする写真の中で一緒に笑っているのは、自分は会ったこともないオンナのヒト。

〝親友の隣で、ハワイのビーチにて、一緒にアロハサインをつくっているのは、（もし私も独身だったら）私だったはずなのに〟。〝親友の隣で、膝に赤ちゃんを乗せて、でも赤ちゃんデーンと反り返っちゃって、あっ！って顔をしているのは、（もし私にも子どもがいたなら）私だったはずなのに〟。

そんな風に、実は切ない想いを互いに抱いていたとしても、そんな気持ちをコメント欄に綴ることなく「いいね！」を押す。そこに「嘘」があるわけじゃない。それぞれが別の場所で写真に切り取った、それぞれの幸せな瞬間を、ほんとうにいいねって思っている。

――でも。

人生の流れによって新しい交友関係が広がってゆくことに対する、ちょっぴり複雑な想いなら、きっと誰もが抱えている。私がそのことを確信したのは、大学時代の親友同士（男と男）がFacebookに、「久しぶりに会った」とツーショットを載せていたのを見た時だ。他人ごとながらホッと和んでいる自分がいて、思わずコメントしようと思ったら、「ふたりが一緒にいるのを見ると安心する」って声が、大学時代の仲間たちから既にいっぱい寄せられていた。

私たちが、ギャル時代から今に至るまで、いつまでもずっと仲良しな〝せり&真由美ペア〟を見るのが大好きなのも、きっとその辺の心理も関係している。ふたりが並んでいることが自分の中でしっくりときて、ホッとするし、なんだかとっても嬉しいの。

そう。一歩下がって、他人同士の友情に対する自分の気持ちを観察してみると、自分の中にある本音が少しクリアに見えてくる。「昔からの友情」に対する「好感度」の裏側にあるのは、「新しく広がってゆく交友関係」に対するある種の嫌悪感！　こちらも、他人同士の友情を外側から見る自分というスタンスで考えていこう（誰）。

SNSが流行って、約10年。好きな著名人の手によって綴られる、彼女のプライベートを追いはじめてからそれだけの月日が経てば、彼女の交友関係の変化だってその中からおのずと見えてくる。

最近はもうすっかりダレダレとは会っていないのに、ダレソレとは急に仲良くしている。ふぅん、とファンは、何故だかちょっとヤキモキしたりする。知り合いではないので実際にどういう変化が起きたのかが見えない分、ファンのあいだでは様々な憶測が飛び交いはじめて、しまいには、新しい友達とつるむこと自体が「売名行為！」だなんて声まで飛び出したりして、オージーザス！（涙）。他人の変化に対してヒトが持つ、嫌悪感ったら半端ない。

アーイヤダイヤダ、と自分を棚にあげて思えれば良いが、私の中にだって同じような気持ちがあった。ライターを始めたばかりの頃、30、40代のクリエーターたちがつるんでいるのを著名人のブログ越しに見ては、ケッ！　と思っていた。憧れる気持ちよりも先に、スカしやがって！　という率直な感想が前面に出た（性悪）。でも、10年経って分かったのは、〝同僚〟という存在を持たないフリーランスの身であるが故に、互いを支え合う、仲間意識がそこにはあるということだ。お互いの横書きの肩書きがカッコイイから、なんてアホみたいな理由で集っているはずがなかったのだ（気づくの遅い）。

だから先日もインスタで、各業界のトップ経営者たちが集まってスーパー高そうなワインを飲んでいる写真を見た時も、そりゃそうだよな、と他人ごとながら思ったものだ。何百人という従業員の上に立つ、社長ならではの孤独や葛藤。同じ立場に立つもの同士でなければ分かり合えない、語り合えない、励まし合えないことがある。そしてそれは、ママ同士、独身同士、でも同じことが言える。

でも、もし私がその社長の幼馴染《おさなな　じ》みだったとしたら、彼の活躍ぶりを誇らしく思う半面、「もう徹底的に、遠くへいっちゃったな」と感じるのかもしれない。

そういえば、「ママ友」という単語を初めて独身の女友達の前で使った時に、「デタァァッ！」と悲鳴のような声で叫ばれたのだけど（苦笑）、あの時の友達もまた、そん

ったけど、
な気持ちだったのかもしれない。デタって、あんた、怪獣とかじゃないし、と笑い合

でも、そう、デタよね、「ママ友」。

その言葉自体が既に含んでいる〝負のオーラ〟みたいなもの（笑）も、「昔から友達だったわけではなく、ママになってからできた新しい友達」だというところから漂ってきている気がしてならない。子どもが出会いのきっかけとなり、そこから真の友情が芽生えた例ならいくらだって挙げられるのに、「ママ友」という名からはやけに、フェイクな匂いがする。

そして、フェイクといえば思い出す。いつも渋谷のクラブに一緒に行っていた女友達が、青山で働き始めたことをきっかけに、「オシャレだから」という理由で好きな音楽のジャンルをヒップホップからハウスに移行しただけで、「あいつの音楽愛ニセモノじゃね？」とキレてた過去が私にはある（苦笑）。

無意識のうちに刷り込まれているのかもしれない。「昔からのもの」の方がずっと尊く、「変わらないこと」にこそ美しさが宿るのだと。

でも、ヘンなの。

「今すぐ自分を変える！」、「明日から生まれ変わる！」みたいな本は、バカ売れする。それなのにヒトは、他人が変わってゆくのを見るのはあんまり好きじゃない。置いていかれるような気持ちに、なるのかも。一度は自分の近くにあったものが、離れていってしまうようで寂しいのかも。変わらないでいる約束なんてしたこともないのに、勝手に裏切られたような気持ちにすら、なるのかも。

でも、そんな自分は認めたくないから、SAD（悲）な感情より先にMAD（怒）な態度が出てしまうのだとしたら、そんなのって、ものすごく、どうしようもなく、コドモじみている。

私たち、オトナ初心者だ。

それぞれの違いがどんどん表面化してゆくことに、まだ不慣れで、どうしたって少し、戸惑っている。

人生の同じステージを共に謳歌する友達が、新しくできてゆくのは自然だし、むしろそれはとっても幸せなこと。オトナになってからできる友達の素晴らしさは、言わずもがなだ。現在進行形で共通の話題を持つ彼女たちとは、まるで恋に落ちるかのようなスピードで距離がぐんぐん縮まってゆく。ただ、同じような枝にいるからこそ、その関係が煮詰まることも時にはあって、そんな時は、昔からの友達の肩に甘えてみたり。

いろんな友達グループを、行き来しているような感覚に陥ることがある。友達関係が、どんどん外側へと広がっていっているようにも思えるのに、実はどんどん内側に狭くなっていっているのも同時に感じて、ちょっと混乱。

新しい友達と、昔からの友達。分けて考える必要など何処《どこ》にもないのに、そこに自然と区切りができるのは、他でもない。その真ん中に、ポツンと立っている、自分が常に、いるからだ。

人生を謳歌する。その軸となるのは、自分、ただひとり。だけどひとりぼっちでは、恵まれた時間を大いに楽しみ、生きることができないのが人間の性《さが》なのかも。

謳歌とは、みんなで歌う、その歌のこと？

ならば、それぞれが口ずさむ、今しか歌えないその歌が、和音のように合わさって響いたなら、さぞ素敵だろう。時に、耳を塞ぎたくなるような不協和音が鳴ったとしても、それでもメロディが続いてゆくことが、人生なのかもしれないし。

昨夜から、夏を終わらせるためにやってきたような、冷たい雨が降り続いている。

私は朝から、ガラス張りのカフェの中にいて、外を行き交ういろんな傘の上に、同じ雨が降っているのを眺めながらひとり、そんなことを考える。

Talk5　ファースト10年

オトナ度　★☆☆☆☆

「愛用の香水が、〝気分〟じゃなくなったの。ある朝、ふと」

――まるで小説の1行目みたいな台詞から、女友達が話しはじめた。初めて入ったイタリアンにて、互いの近況をひととおり話し終えた後で。

「20代から、もう10年ものあいだ、ずっとつけていた香りだったの。パーティに行くと周りから〝香りで来ているのが分かった〟って言われたりして、自分のものになっているのも嬉しくて。変えるつもりなかったの。

それなのに、好きだった甘さが、急にイヤになったというか、なんか違う、と感じて。それ以来、まだピンとくる香りと出会っていないから、ここ1年くらい〝無臭〟なんだ、私」

そう言ってカラッと笑った彼女を私は、目を細めてしっとりと見つめた（冒頭の台詞により、すっかりポエマースイッチが入ってしまった（笑）。

最近ぼんやりと考えていたいろんなことが、香水ばなしとリンクした。10年、という時間の単位も、だ。でも、まだ考えがまとまらないので言葉にはならない。

ホットのラテと共に、コースの〆のデザートが運ばれる。真っ白な皿の真ん中にちょこんとのった、チョコケーキ。サイドに添えられたホイップの上には、ブルーベリーとセルフィーユ。十分に素敵なのに、特に感動することもなく、「そういうのって、あるよね」、「なんなんだろうね」と、私たちは言い合い小さなフォークを手にとった。

〝気分〟といってまず思い出すのは、ムードリング。その時の自分の気分によって色が変わる、という石のついた、あの指輪。10歳くらいの頃、当時住んでいたニューヨークの小学校でも、超がつくほど流行っていた。自分の心と通じ合っている石なのだと信じて疑わなかった私たちは、流れるように変わってゆく色を見るのが大好きだった。

「あっ、ネイビーブルーに変わってきてるから、私はハッピーになってきてるみたい」、「私のリングは、今ピーチ。ってことは、ストレスを感じてるんだわ」なんて会話をしながら、占い的なおもしろさの虜《とりこ》になった。

思えば、不思議だ。自分の気分なんて、自分が一番分かっているはずなのに。でも、とも思う。案外、つきとめられないものなのかもしれない。毎秒毎秒、ゆるやかに、移り変わるものだから。

そう。それが、〝気分〟というもの。短いスパンで気まぐれに変化するものだから、またすぐにもとに戻るというニュアンスも含まれる。でも、女友達はもう1年ものあいだ香水をつけていないし、「もうその香りをまとうことはないと思う」とさえ言っている。

ひとつの〝気分〟が、昔と比べて長く続く。

まぁ、そりゃあ、ね。オトナになった私たちは、1日のうちにコロコロとムードを変えてなんか、いられない。そこまで心に素直じゃ、仕事にならない。育児ができない。対人関係、破滅する（笑）。私たちは、ここまでくる過程で、多少なりとも喜怒哀楽をコントロールする術を身につけた。

あ、このままだと気持ちが落ち込みそう、と感じる夜には、アロマを数滴たらした湯船にいつもより長めに浸かってみたり。それでもまだ、あぁ、これは考え出すと眠れなくなるパターンだ、と思えば、悩む前にサッとベッドに入って眠ってしまったり。

ムードリングが映し出すという〝今の気分〟を自力でパパッと先読みしながら、気持ちを落ち着かせるための先手を打つ。

自分という生き物を、上手く飼い慣らすテクがついてきた。

10代、20代の頃のように、立っていた底が突然抜けたのかと思うほどにドカンッ！と落ち込むことも、そういえば、なくなった気がしている。個人差はあるとはいえ、「30代になって情緒が安定してきた」とは、よく聞くはなし。

あぁよかった、と〝あの嵐〟が過ぎ去ったことを実感するたびに、私も胸をなでおろす。いやいや、未来は常に未知であり、ここから先にもっと凄いのが控えているかも分からない。でも、ひとまずは安定期に入ったのだと、今の私は思っている。

ソレだ！ある一定の〝気分〟が、長く続くようになったことの、理由のひとつはここにある。

泣くほどは悲しくないけれど、ちょっとブルー。キレるほど怒ってはないけど、なんかムカつく。相談するほどは悩んでないけれど、なんとなくモヤモヤしている、等。エキセントリックな方向に向かう前に自分の手で調整済みの感情は、そんな風に輪郭がぼやけている。だからこそ、言語化しにくくて、つまりは人にも伝えづらい。だからどんどん自分の中に、溜まってゆく。とはいえ、ひとつひとつがぼんやりしていて軽いため、溜まっていったところでド派手に爆発したりはしない。

つまり、ゲロ吐くほど号泣したり、血管切れるほどブッチギレたり、髪を振り乱して愚痴りまくったり、発狂しながら大爆発しないが故に、ひとつの気分を終わらせる決定打に欠けるのだ！

もちろん、それは悪いことじゃない。むしろ、ピース（笑）。幸せな気分がゆらりくらりと続いてゆくなら、とてもナイス（韻）。でも、限りなくブルーに近いグレーだって、淡々と、どこまでだって長引いてゆく。

「幸せじゃないわけじゃ、ないんだけどねぇ。でも、このままでいいのかなぁって、漠然とだけど常に、思ってはいるんだよねぇ」

本人は、気づいているのかいないのか。このような台詞を、何年ものあいだ、ずっと言い続けるヒトが、30代以降急増する。

ふたつめにして最大の、変化の原因がぼやける理由。それは、皆でいっせいに迎える「転機」というものが、もう人生に用意されていないこと。

私たちは、「進級」や「卒業」など、ぼーっとしていても皆と一緒に「節目」を迎えることができる「4月」から、とっくの昔に卒業している。

そこからの「転職」や「出産」、「結婚」や「離婚」など、節目と呼べるようなイベントは、それぞれが各自のタイミングと意思を持って、自己責任でつくるもの。

そう、だからそうしてきた。

20代から30代にかけて、誰もが、ひとつやふたつの「転機」を、つくって、迎えて、それぞれの「今」に至っている。

――その、初めて自分でつくった「転機」から「10年」が経つというヒトが、今、私の周りにとても多い。結婚10周年。子どもが10歳。転職／起業して10年、など。この数カ月のあいだに、それこそ10人以上の口からこの数字を聞いた。そして私自身も、この前の夏で、ライターを始めてちょうど10年経った。

「自らの意思で何かを始めてから10年」。実はコレ、多くの30代にとって、生まれて初めての経験であり感覚だ。20代にとっての10年前は、まだ小学生。でも、30代の今振り返る10年前の「転機」とは、まさに今の自分をつくったきっかけであるわけだから、その時は既に、今と同じことをしているのだ。

この数字をきっかけに「転職」や「離婚」など、また新たなスタートを切る人も少なくないが、そうではない多くのヒトの場合、「10年」経っても表面的には同じような生活が続いてゆく。仕事が、育児が、そのまま続く。

つまり、「転機」と呼ぶほどには「変化がない」。

1日の大半を、文章を書いて過ごす、という生活をして10年になるんだ、と気づいた時に私がまず感じたのは、仕事とは長距離マラソンなのだということ。

それこそスタートを切ったばかりの頃は、グワァーッと10年がむしゃらに頑張れば、その先にはご褒美と休憩がセットで用意されているような気がしていた。今、ここで走っておけば後がラクなんじゃないか的な、期待があった。

　でも、そういうもんでもなかった。これまでの仕事がキャリアとして積み上げられたというよりは、それらすべてを材料としてひとつの大きな袋に入れて、新しいステージへ走り出すのが今、という実感だ。「仕事は30代からが楽しい！」と、聞いてはいたがその意味は、やっと足場が完成し、立ちたかったところにようやく登ることができるから「ここからだよ！」ということだった。

　確かに、その通り。やりたいことができる分、どんどん楽しくなる。ドキドキもしている。でも、第一実感としては、こうだ。

「頑張ったね、お疲れ様！　これでもう一段落だよ♡」みたいな場所を目指してダッシュしてきたはずなのに、ゴールにやっと着いたと思ったら、「やったね！　ここからが本番だよ♡」って人生にサラッと言われたような、そんな感覚（泣笑）。

　きっとこれは、育児にもそのまま当てはまる。今は、「あと数年、あと数年頑張れば、体力的にラクになる」と自分に言い聞かせて幼児育児に奮闘しているが、子どもたちが思春期に入ったら、今度は精神的にいろいろ食らうに違いない（笑泣）。

　10年という節目は、踏ん張りどころ。疲れだって10年分蓄積されているわけだから、継続するにもしんどい時期。でも、学生時代のように、次のステップに行く前に友達全員で遊んで過ごせる「春休み」的なブレイクは用意されていない。昨日が今日へ、今日から明日へ、生活自体は大きく変化することなく地続きで進んでゆく。疲れも悩みも目標も、ぼんやりそのまま明日へ明日へと繰り越されてゆくキケンがここにはある。

「就職」後、「結婚」後、「出産」後――。誰の目にも明らかな「転機」の後で、その中で迎える「節目」はとても見えにくい。今のままの生活を「継続」するのなら、尚のこと。「記念日」などのピンポイントで変化するのではなく、日々グラデーションでゆっくりと進化してゆくものだから。

意識して捉えようとしなければ、怖いくらい簡単に見逃してしまう。

だからこそ、きちんと自分の中にアンテナを立てて、この長距離マラソンと丁寧に向き合いたいと思う。人生が新たなステージに進もうとしている「ゆるやかな流れ」に敏感であることは、生きる上でとても大事だと思うから……。

「香水をつけるのをやめて1年のあいだにね、髪の色が明るすぎると急に感じて暗くしたり、スニーカー熱が冷めてまた高いヒールに目が行くようになったり、これまた些細《ささい》なことではあるけど、変化があって。

特に意識して探しているわけではないんだけど、香水は好きだから。次にピンとくる香りは、どんな香りなんだろうって、楽しみなの。きっと、そこからまた10年、同じものをつけるんだって思うと、特に」

そう言った女友達の色っぽい表情を、思い出して私はまた、パソコンの前で目を細める。オトナ初心者と言いながら、既にオトナとして過ごした10年を、私たちは自分の後ろに持っている。その内容に満足していようがいまいが関係なく、その事実そのものが、急にとても誇らしく、愛おしく、思えてくる。

オトナとしての、ファースト10年。迎える時期もバラバラで、全員参加のセレモニーがあるわけでも、誰から祝われるわけでもないこの「ゆるやかな節目」こそ、自分自身で祝福したい。

おめでとう、私たち。
いろいろあったよね、お疲れ様。
頑張ってくれて、ありがとね。

Talk6　オトコのはなし

ここでやっと度　★★★★☆

お気づきだろうか。この連載が始まって半年以上が経つというのに、まだ、「オトコ」の話題が出ていないことに！

ご存じだろうか。私のデビュー作の名は、『おとこのつうしんぼ』だということを！これは23歳の時から書き続けた恋愛エッセイで、今は「おとこ」シリーズとして4冊の本になっている。20代、どんなに私の頭の中が男のことでいっぱいだったのか、容易に想像していただけることだろう(笑)。

ここで、『オトナミューズ』連載からの読者の方に、結婚して母親になる前の私について、お話しさせていただこう。

「恋愛コラムニスト」を自称して散々しゃしゃり出ておいてなんだが、私は男がそんなに好きではない。「男という生き物」に対して純粋にドキッとなるのが「男好き」なら、私は条件反射的にイラッとする派。「男嫌い」と言うと語弊があるが、男に対しては本当によく「ムカついてきた」（苦笑）。

「男に萌える、という感覚がすごく分かるのは私が女子校出身だからかもしれない」という女友達の話を聞いて、ハッとしたことがある。私は、ずっと共学だ。

熱狂的に『りぼん』を読んだ。少女漫画に出てくる男の子たちには、そりゃあ萌えた。女子校出身者と同じように、だ。でもしかし、周りにごまんといる男子が日々、その淡いロマンを片っ端からブチ壊してくるのが、共学ワールド。

たとえば、小学生の頃。「昨日おまえについて考えてたんだけど」と同じクラスの男子が切り出したので、一瞬ドキッとしたことがあった。男子は続けた。「おまえの苗字って下から読んでも上から読んでも同じだな。シンブンシみてぇ。だせぇ（笑）」

く、くだらねぇ……。

9歳だったLiLyは凍った。今でこそリリィなんて可憐なフェイクネームを自称しているが、旧姓の苗字は、今井。確かに、上から読んでも下から読んでもイマイだ。でも、それが、一体なんだというのだ（笑）。私は、男子の精神レベルのあまりの低さに落胆した。が、時期を近くして、日曜夜のアニメリレー（『ちびまる子ちゃん』↓『サザエさん』↓『キテレツ大百科』）からのラストを飾る『ピーターパンの冒険』で、タイガー・リリーが出てくる回が放映された。今度は、その幼稚さを逆手にとったやり方（?）で、私は密かに期待を寄せた。

例の男子が、「おまえの下の名前って、英語でいったらリリィじゃね？　これからこいつのことリリィって呼ぼうぜ！」なんて言い出しちゃったりして！　妄想しながら私は浮かれた。

翌日、ドキドキしながら通学したが、もちろんそんな展開になるはずがなかった（笑）。このエピソードが、今の私のペンネームＬｉＬｙにまったく関係していないか、というとそうではない気がするので、私も、相当執念深い（笑）。たぶん、ものすごく、皆にリリィって、呼んでほしかったんだと思う……（赤面）。

中学に進学してからも、タメの男子の幼さにうんざりしまくりの「早熟おマセ女子」のリーダー格として（そのようなポジションにいた）、男子とは時々バチバチいがみ合った。「おまえみたいに、でしゃばりでうるせぇ女は嫌いだ」系の「常にセンターにいる、でしゃばりでうるせぇ男」はこちらも大嫌いだったし（ある種の両想い）。

好きなのは、イケてるグループに属する、物静かな、どちらかといえば「月」タイプの男。この好みは、小学生の頃からアホみたいに一貫している。そして、物心ついた頃から今に至るまで、「好きなヒト」が途切れたことが、たぶんない。

これって、けっこう、情けないはなしだ。自立を気取ってカッコつけているくせに、基本的に、超がつくほどの寂しがり屋で、依存体質。それ故の、恋愛中毒。母親が、いつまでもしつこく（！）父親に恋をしているヒトだったこともあり（それ故に巻き起こる夫婦喧嘩の激しさにうんざりしていた）、1日も早く自分の男を見つけて結婚して「自分の家庭を築きたい」と、子どもの頃から強く思っていた。

つまり、「結婚願望」がなかったことは人生において一瞬たりともなく、「お母さんになりたい」という最大の夢が揺らいだことも一度もなかった。どれくらいお母さんになりたかったかというと、自分の人生の中に、まだ結婚の「け」の字も見えていなかった20代前半の頃に、自分が子どもを授かることができない場合を想定し、日本の養子縁組システムについてネットで調べたりしたほど、だ。そして、どうしてそんなにもお母さんになりたいのか、というルーツを探ってゆくとやはり子どもの頃、自分が母親に向ける愛情がどんなに巨大なものであるか、を実感として持っていたからだ。「子どもである自分は、お母さんのことが大好きで大好きでたまらない。お母さんは、私の世界の中心、いや世界そのもの。お母さんが優しく笑顔であれば、私の世界は薔薇色に平和。お母さんが泣きながら怒っていると、私の世界は地獄。

でもお母さんは、オトナという生き物だ。オトナってヤツは、どんなに子どものことを愛していたって、他にも世界を持っている。どうしてお父さんとそんなに毎日喧嘩をするの？　私だけ見ていればいいのに。私はお母さんだけを見てるのに。オトナって、所詮オトナなんだよな。子どもは、こんなにもストレートにお母さんのことが大好きなのに。あぁ、私もいつか、子どもが欲しい。子どもがどんなにお母さんを愛するのか、知ってるから」

そんな風に思っていて、日記にもそんなことを書いていた。私はオトコにもムカついていたけれど、同じくらい、オトナにもムカついていた（子どもの頃の気持ちを忘れたオトナにだけはなりたくない、という思いから日記を書き始めたのが、私が物書きになったルーツだと思う）。

私は、寂しかった。

子どもを産んでその子に愛されたい、と思うくらいに（※これは私が子どもの頃の動機であり、これはこれである意味とてもキケン）。

でも、子どもというのもまた勝手な生き物だ。幼少期にはもっともっと、と底なしに欲していた母親からの愛情が、思春期に入った途端、今度は重くて重くて仕方がなくなってくる。そして自分の中にある孤独は、「お母さん」ではもう満たせないことに気づく。「おとこ」だ！　男にしか、この寂しさは埋められない。

そうして10代、私は「恋愛」に突っ走る。14歳の時に観た映画『TRUE ROMANCE』

にハートを打ち抜かれて以来、「純愛結婚」にのみ、憧れた。だがしかし、ロマンを追求するには自分のリアルな状況を整えることがマストだと、己の経済力の確立にも奮闘した。いや、むしろ、大人になるにつれていろいろなことが複雑化して「愛」の本質を見失う前に、初体験の相手と20歳で結婚し、安心して「仕事」に打ち込みたい、とアスリートのようなことまで考えていた。高校生の頃だ。

ちょっとカッコ良く書きすぎたかな、とも思ったけど本当にそうで、でもだからこそ傷つくことも多かった。まず、「生涯の体験人数ひとり」という美談に憧れていたため、初体験の相手に振られた時の絶望感は凄まじかった。引きずりに引きずった、とか言いながらも、その反動（?）で一夜限りのセックスなども経験。ただ、もとが重たい性質のため行きずりどころかヤッた途端、好きに（笑）。アグレッシブな性格が災いし、相手に鬼電（痛）。結局、誰ともつき合ってはもらえない、という負のループにしばらくハマった（辛）。

10代の終わりから、2年、5年半、と続いた真剣な恋愛、同棲を経験し、26歳の終わりに出会った男と、私は周囲が引くほどのスピードで結婚した。ちょっとクレイジーになるほどの、大恋愛だった。

「上手くやった」と思われても仕方のない流れではあるが、その背景には当然、真剣だった分だけ悲痛な別れがあった。「その傷つき方は異常だ」と親友に言われるほどに私はボロボロになった。8キロ痩せ、皮膚科に通い、心が血だらけのような状態になった。「恋愛の終わりのあまりの痛み」に、私は恐れおののいた。

夫と結婚した一番の理由は、1秒も離れたくないと互いが思うほどの恋をして、一緒に生きない理由がひとつもなかったからで、籍を入れた理由は、絶対に別れたくなかったから。たとえ、紙切れ1枚分でも、別れにくくなるのなら、是非そのペラッとした重さすら欲しいと願った。

愛する男と「結婚」という約束を結べたことは、私を心底、安心させた。「即結婚した」ように見えても、私にとっては「遂にやっと」という実感だった。恋愛市場という過酷なフィールドから、遂に足を洗えたことにも、正直すごくほっとした。男と女のピリピリとした刺激を求めていた時期もあるが、それらを経て最後に襲ってくる「失恋の痛手」は、初期のドキドキの素晴らしさを真っ黒に塗りつぶしてしまうほどにデカい、と身をもって思い知ったからだ。

結婚直後の気持ちを、「まるで憑《つ》き物が落ちたようだった」と振り返った女友達がいるが、ほんとうにそんな感じだった。年々濃くなっていっていた「結婚どうしよう」という焦りにも似た霧が、一気に消えて視界が晴れた。

「恋愛」というものに、疲れていればいた分だけ、「結婚」という器は、とてつもなく居心地良く感じられる（問題というものはその後ジワリジワリとやってくるもの）。

かつては憎んだ「結婚は恋愛の墓場」という言葉さえ、「墓場上等！」くらいに思えたものだ。愛を得て、恋する気持ちが薄れてゆくのなら本望だと、心の底からそう思い、そのあたたかな泉に、やっと身を浸すことができた時、それまでの傷と疲れと安堵《あんど》と嬉しさが混ざりに混ざった涙が、止まらなくなった。今思えば、「恋愛コラムニスト」という肩書きも、その泉の底にゆらゆらと溶けていったのかもしれない。

そこから「妊娠」し「出産」し「育児」が始まったことで、「恋愛」はもう徹底的に、自分の中で最もシーズンアウトなトピックへと後退したのだから……。

人は、卒業したばかりのものに、最も関心が向かない。

ガーリーなファッションが〝気分じゃなくなった〟ばかりの時に、何よりも目がいかないのは、レースやフリル。そもそも、そういうものなのだ。しかも、その上に、産後のホルモンの関係で「恋愛」に必要不可欠な性欲が低下し、24時間体制の「育児」が始まれば、尚のこと。

「自分の中の、女死亡。アハハ！　最高の気分よ！　あいつには相当手こずらされたかんな！」と、私自身は思っていた（笑）。が、ずっと「恋愛」を書いてきたＬｉＬｙとしては、その変化に戸惑わなかったといえばウソになる。あれ？　ＬｉＬｙ終わった⁉　とブルブル震えた夜は一度じゃない。

でも、しばらくして気づいたのだ。私は、その時その時の気持ちが、流れ去ってしまう前に、忘れないよう記録するようにして、「おとこ」シリーズを書いてきた。20代のそれの大半を「恋愛」が占めていたから、恋愛エッセイになっただけだった。それに、プロではない〝日記時代〟からカウントすればその行為は、10歳に満たない頃から続けてきた、私のライフワーク。

この変化を含めて、30代も記録したい。産後一時的にゼロになる恋愛欲は、子どもの年齢があがるにつれて、勢いを増して復活する場合がある（不倫!?）という（恐ろしい）話もよく聞くし……。でも、会話の主役＝「おとこ」では、やはりもう既にない。

そうして始まったのが、この「オトナ」連載だ。だからやっぱり思っていた通り、「オトコ」の「オ」の字が出るまでに7カ月もかかった（笑）。

オトコのはなし。

今回自己紹介を兼ねて自分のそれを書いてみて改めて思った。それは、最終的には本人のルーツにまでさかのぼる、最もプライベートなトピックだ。

恋愛についてはあんなにベラベラと喋っていたのに、結婚生活に関することは誰もが少し、口をつぐむ。独身の焦りを既婚者には話せないという声を聞いたかと思えば、結婚生活の悩みは独身の友達以外には言いたくない、という声もある。30代。なんだかいろいろ絡まってきている。

では、そろそろいきますか。オトナになった我々の、それぞれの、オトコのはなし。

Talk 7　恋バナ格差

インナー・ダーティの不滅度　★★★★☆

私がそれを初めて体感したのは、湯船の中だった。第1子を出産後半年くらいの頃で、ほんとうに久しぶりに、ひとりでゆっくりと風呂に浸かっていたのだ。息子が昼寝した、その隙に。

それまでは赤子が眠っている時も、泣いて目覚めるその0・1秒前の「ふぇっ」の時点で抱っこできるよう、常に近くでスタンバッていたものだが（心配性）、やっと、風呂に浸かる程度には精神的余裕が生まれた時だった（遅っ）。

それでも、音には敏感だった。いつその「ふぇっ」が部屋から聞こえてくるか分からない。バスルームのドア全開で、湯のポチャンという音さえ立てぬよう、ただただジッと膝を抱えて湯の中に浸かっていた（真剣）。遂に手に入れた癒しの時間とはいえ、なかなか緊迫した状況である（笑）。

その時、息子が寝ている部屋に置きっ放しだった携帯が、深夜のクラブ以上の爆音で（私にはそう聞こえた）鳴り響いたのだ！

よりによってこのタイミングで電話してきたヤツ、誰!? 自分の母親だったらキレようと心に決めながら、風呂を飛び出たマッパの私はマッハで携帯に飛びついた。

画面に表示された名は、美女X。

幸い息子は起きなかったので、通話ボタンを押しながら湯船の中にポチャンと戻り、「かけ直す」と言うつもりで、まず、

「もしもし」

私が出した超がつくほど小さな声は、興奮したXのハイトーンヴォイスで一瞬にしてかき消された。キタぞ、知ってるぞ、このマシンガンテンション！これは間違いなく恋バナのそれである。

「相手の男が、自分との未来をどう捉えているのか分からない」ことに混乱したXは、今の状況をこと細かに説明する。息つぎすら惜しい、というほどのスピードだ。かけ直したい、というこちらの強い意志を伝える隙など何処にもない。Xは私に、男の心理を分析して一緒に考えてほしいようだった。

分かる。その手のことは私自身もいっぱいやってきた。それなのに、出産した途端、恋バナに燃える女友達に手の平を返すような態度はいかがなものか。今ちょっとそれ

どころじゃない、という自分の本音自体がもう既に、Xに対して失礼なのではないか。

　頑張ってみた……、私。どうにか自分もテンションをあげてみようと「ヤバイね〜」とか「あぁ〜」とかの合いの手を入れてみた。

　しかし、どんどんぬるくなってゆく湯と、そろそろ息子が起きそうな気配の狭間で、どうしたって盛り上がることが、できねぇ……（焦）。「その時の彼の顔ったら！」なんつって思い出し爆笑しているXとのあいだに、決して埋まることのない温度差を感じ、やっぱりかけ直す、と言いかけた、その時。トドメを刺すような台詞が飛んできた。

「今、彼からきたそのメールを転送するから、それ読んだらかけ直して!!」

「%#V〃&!·%&っ?!?!」

　ビックリした。そう、私はあの時心底、驚いた。男からのメールを女友達に転送し、それをソースに男の心理状況を分析し合い盛り上がる、という軽犯罪なら、かつては私も趣味としていた（笑）。ただそれは、アラサー、アラフォーなどの略語すらまだできていなかった、アラウンド20歳くらいの頃のはなしである。

　若い！　若すぎる！　同年代であるはずのXとの恋バナ格差を、ぬるま湯の中で私は痛感した。バカにしている、とかそういうことではないのだ。これはむしろ、混乱に近かった。「子どもがいない人にはこの時期の大変さは分からない！（泣）」とかそういうことでも、まったくないのだ。

何故ならXは、子持ちである。

10代で産んだその子は既に立派な小学生で、母親としての大先輩なのである。もしや、あれか。乳児育児時代は大変すぎて記憶がなくなるとはよく言うが、まさか、Xもこの時期の余裕のなさをスッカリ忘れているのだろうか。というか、そうか！　私は勝手にピンときた。

Xは、私たちがまだガーガーワーワーやっていた恋バナ全盛期に、一歩どころか二歩も先に、恋愛市場から育児ワールドへと一度、旅立ったのだった。そして、離婚後、また、戻ってきた。だから、恋愛の仕方が、恋バナ方法含めて、最後にしたところで、ピタリと止まっている！

ただXは、その辺の女（私など）とは常に一線を画している女であった。その恋バナ（メール対応含む）と、乳児を抱えた私がどう向き合ったのかは、ほんとうに記憶がないが（笑）、その、一枚も二枚も上手な相談内容なら覚えている。

相手の男とは、Xの元夫。離婚後、セフレのような関係にもつれこんだ（！）という話だったのだ。あれから数年が経った今、むしろ、私が教えてほしい。

どうやったら、そこまでホットな男女の仲をキープできるのだ!?　結婚出産育児からの離婚。それらすべてを、経てまでして、セフレとは！　なんて見事な！（拍手）。

読者の皆さんも今、ポカンと口を開けて思っていることだろう。子どもをひとり、小学生になるまで共に育てた男を相手に、女友達にメールを転送しちゃうほど熱くなれるあんた、一体何者!?と。そう、そのあまりにも若すぎる手法で私を唖然とさせたXこそ、稀に見る「恋愛のカリスマ」なのである（補足だが、心配はご無用。Xはとっくに別の、これまた素敵な男と再婚済みだ）。

おっと、Xが希有な女すぎたために話がそれたが、本題である「恋バナ格差」に戻るとしよう。

若くして子どもを産んだことで、当時の恋愛の勢いが自動的に冷凍保存され、子育てが落ち着いた頃にそのままの状態で解凍されるこれを、Xパターンと呼ぶならば、逆のYパターンというのも存在する。

同年代の仲間たちから二歩ほど遅れて妊娠したYはその時、人生で最も恋愛に興味のない時期を、穏やかな気持ちで過ごしていた。年齢的にもう子どもは無理かもしれない、と諦めかけた時期があっての待望の妊娠だったのだ。最愛の夫と共に、その深い喜びに身を浸していたその時、育児が一段落したことで「女モード」に返り咲いた女友達が、惚れた腫れたの男女ゴシップで大ハシャギしていたとしたら、どうだ!!

話が、合わない。

人生ステージのズレ故に、オンになっているスイッチの種類が違う。噛《か》み合うはずが、ないのである。

でも、ここはさすが、誰もがオトナ。オーバー40の恋バナ大会は、Yの妊娠を祝うサプライズケーキと共に拍手で幕を閉じたそうだ。「でもね、その後……」と、Yは眉間に深いシワを寄せる。一時的にモードがズレたとはいえ、もう20年以上お互いの人生を語り合ってきた友人たちが、自分のはなしをYにはパタリとしなくなった。不自然なくらいに、その日を境に。

何かがおかしい、と思ったYが友人に聞いたところ、その中のひとりが全メンバーにこっそりと耳打ちしていた事実が発覚した。「妊娠中はホルモンバランスも崩れやすいし、私たちの下品なトークは、今は、やっぱり聞かせない方がいいと思うの」などという、Yに対する思いやりに見せかけた巧みなやり方での、ハブ斡旋。

恋バナ格差、からのまさかの、妊婦差別!?

怒りに震えたというYだったが、それを仕掛けてきたのは、「夫以外の誰かとヤリてぇヤリてぇ」と吠えまくっていた女、その人であった。Yは何も言わずに眺めていただけなのだが〝ああはなりたくない〟という彼女に対するネガティブな本音が、全身から駄々漏れしていた可能性は大いにあったと振り返る。

そして、ひとりの女が性を吠えるに至るまでには、夫との関係も含めて語られていないストーリーというのが必ずある。それなのに、上っ面だけを見て軽蔑しかけた自分を反省し、彼女が皆に言った台詞もある意味では納得し、「でもやっぱりアイツとは合わないという結論に達したんだぁ」と、出産を経てすっかり母の顔になったYは、優しくニコリと微笑んだ（怖）。

「なるほどねぇ、でも、やっぱりさぁ、結婚とか出産とか、離婚もね、そういう区切りがあるから、恋バナにも強弱がついているというか。区切りゼロチームの恋バナは、年々盛り下がってる傾向にあるよ、もぉ」と言うのは、会社帰りに我が家に遊びに来た、30代の独身Z。

長年の恋人がいる友達が、結婚に対して発するのは主に「ん〜」って音だし、ずっと彼氏がいない友達が、出会いについて漏らすのは「はぁ〜」って音。そんな中で最近皆が沸いた話題といえば「壁ドンより床ドン希望」というテレビドラマベースの下ネタで、「これじゃただの欲求不満のおばちゃんじゃん！」という自虐ネタでは全員がテーブルをバンバン叩いて大爆笑。

「ヤバくない?」とZは、私の息子の背中を優しくトントンしながらクックッと思い出し笑い。その隣で私も娘の背中をトントンしながら、「盛り下がるどころか、めっちゃ盛り上がってるじゃん」「うん、そうだよ、超楽しいよ。でも、恋バナでは、まったくない」「確かに」と、ふたりで子どもたちを寝かしつけながら小声で言い合い、互いに笑いを噛み殺す。

Zとは長いつき合いで、それこそ互いのファーストキスからの恋バナを、すべてリアルタイムでしてきた仲。それぞれ忙しくしていて頻繁には会わない時期もあったが、育児で家に封印された私と、転職してアフターファイブが自由に使えるようになったZのタイミングが、ここにきてまたピタリと合った。会社が我が家に近いこともあり、平日の夜によく遊びに来てくれるのだ(というよりも、夫が仕事で帰りが遅いために常にひとりでふたりを見ている、激動の育児タイムを助けに来てくれているという感じ。この恩は一生忘れないし、いつか必ず倍にしてお礼したい)。

互いの人生ステージのズレが、思いがけぬところで運んできてくれた、一緒に過ごせる時間。その幸運に感謝しながら、私たちは深夜のリビングで、互いの手を取り、時には涙まで流して、共に笑う。何をして、笑っているのかというと——。

昔の恋バナの主人公をSNSで掘り起こすという、今ドキのハードプレイ。

「ねぇねぇ中学の時一回だけキスした男の名前なんだっけ」から始まり、「あれ? このアイコンじゃない？」、「うそ。ちょっと見せて」、「あっ！　そうだ！」、「ギャーーッ!!」。

私はこの、下品な笑いを、ごめんなさいね、愛してる。

懐かしすぎて、笑いすぎて、目尻に滲《にじ》んだ涙を拭いながら、私は同時に実感する。

冒頭の、初産半年くらいの頃からは考えられないほどの余裕が心に生まれ、一度は完全に覆い隠された「母ではない自分」が、きちんとまた息をしていることを。

それにしても、「もうここからはオトナの時間よ、早く寝なさい」と言われて仕方なくベッドに入った子どもたちはまさか、母親がそこから一気に「ガキに逆戻り」して床を転げまわっているとは、夢にも思わないことだろう（笑）。

嗚呼！　これぞ至福の「オトナの時間」！

たった一度のフレンチキスについて、何百時間も「恋バナ」をした中学時代は、遥かの昔。キスに対する燃えるようなパッションを、その場にいる全員で共有し、同じくらい真剣なテンションで語り合うことは、もう不可能。でもね、当時を振り返って笑い転げる今の楽しさ、想像以上。

本当にお恥ずかしい話だが――。

どんなに時が流れても、我々のインナー・ダーティは、永遠に不滅……♡（笑）。

Talk 8　アラフォー婚活オトコ

アラサー婚活オンナ度　★★★★☆

男と女は、タイミングが、よくズレる。

たとえば、「好きだ」「好きだ」と追いかけられていたはずなのに、エッチした途端、私の方が追う側に？　なんていう若き男女の定番、セックスを挟んだイタチごっこ問題から、結婚したい私とまだしたくない彼、というこれまたよく聞く適齢期のお悩みなどまで。これまで、男とのあいだに生まれた「時差」に、もがいた女は数知れず。

そうして、30代。ここにきてまた、男女逆転とも言える現象が、これまた「時間差」で起きている。ここには地域差もあるかもしれないが、一言で言うと、こういうことだ。

近頃、東京は港区、渋谷区あたりに住居をかまえる30代後半の独身男たちが、ここにきて結婚願望をメラメラと燃やしている！　もちろん、そもそも結婚自体に興味のないTHE独身貴族たちは除く。いつかは結婚したいと思っていたが、30代前半までは仕事や遊びに専念したかった男たちのもとに、その「いつか」が、40代突入を前にして、遂にキタという印象だ。

まだクリスマスのイルミネーションがキラキラとしていた頃の、けやき坂のレストランにて、打ち合わせ後の雑談をしていたら、

「来年したいこと？　一番は、結婚ですね！」

即答したのは、谷原章介似の、爽やかすぎるイケメンX（38）。勢いのあるベンチャー企業勤務で、青山にマンションを購入済みだという谷原Xの推定年収は、軽く1千万を超える。高身長で、細身で、ネイビーのニットの下からチラリと覗くシャツの袖は真っ白で、清潔感まで半端ない！　彼女不在の事実も意外だったが、彼女もいないというのに、来年度の目標として「結婚」を真っ先に挙げたことに、私は何より驚いた！

すると、「自分も、それですね。家族が欲しいです」。なんと、谷原Xの隣に座っていた同じ会社のY（36）も、この話題に食いついた。Yは、全盛期の反町隆史のようなヤンチャワイルドな雰囲気を持つ、東大卒。数年間のシンガポールへの駐在を経て帰国したばかりで、単身の海外生活の寂しさから、現在、結婚願望がかつてないほど

高まっているという。

　お見合いサイトなんかに登録したら、アクセスが集中しすぎてサーバーがダウンしかねない独身男たちを前に、女にとっての常識と化していた「イイ男とかマジでいない説」が崩れはじめ、しばし混乱。——していたら、谷原Xと反町Yはふたりで話し込んでいた。真剣に、でもとても楽しそうに、ふたりが語り合っていた内容とは、

子どもの教育について！


　それも、まるっとした一般的な教育論などではない。

「男の子だったら、自分の母校の中高一貫の男子校に入れたい。そこに入れれば、成績が中くらいでも最低東大には入れる」、「そうだな、確かに、男なら中学受験はアリ。もし女の子だったら、小学校からのエスカレーター式もいいな。自分の姉や妹のように（※慶應幼稚舎）」

　ぶったまげた！　眩しすぎるとまで思っていた独身男たちが、突如、ウザめなママ友に見えてきた。それも、私などの公立保育園ママではなく、名門私立幼稚園のお母様方かよ、このふたりっ!?

　今は彼女もいないというのに、将来の我が子の進路について生き生きと語り合っていた彼らは、前の席でフリーズ気味の2児の母（わたくし）などは既に眼中になく、

そのまま子どもの習い事の話題へとシフトしていった（笑）。
彼らは、ビジネスマンだ。過去の恋愛や周りの夫婦、そして社会情勢などをソースにしたマーケティングからの、プランニング（結婚と家族計画）。そして、仕事の上で最も大事だという未来のビジョンは細かいところまでクリスタルクリア！　そんな彼らは、最後にピタリと、口を揃えた。

「結婚相手は、有能なヒトがいいですね」

これもまた、婚活中のアラサー女が、言いそうな台詞ではないか！　人口が減少してくると、オスがメス化すると何かで読んだが、これもその現象のひとつだろうか。少女漫画の、ちょっとバカでドジッ子で、でもとっても可愛いヒロインはもはや用無しか!?　いや、今でも全国的に見れば、モテるのはこの手のタイプなのかもしれない。だが、長引く不景気の影響もあり、都心のエリート男はエリート女と組んで、社会的にも世帯年収的にもより強いチーム（家族）をつくろうとする動き（結婚）が、近年目立つ。多様化する傾向にあるという日本社会の中の、徹底的な二極化を、実はここ数年、肌でビシバシ感じている。
って、能力至上主義にあおられて文章が堅くなった。テンションを素に戻そう。

デジャブなのだ！

30代後半の男の結婚トークは、20代後半の女の婚活観と極似していた。どこが似ているかって、自分が手に入れたい将来のビジョンが明確すぎて、「肝心の結婚相手」が、そこからポカンと抜け落ちているところ！

求めているのは、頭の中に描いた未来予想図を、自分にくれるヒト。誰かと出会い→恋に落ち→愛するようになったが故に→そこから共に人生をつくりあげてゆく、というよりは、自分のライフプランを完成させるために不可欠なパズルのピースを探している、という感じ。

もうひとつの、共通点。それは、仕事で成功している30代後半の男と、女として自分史上最も美しいと自負のある20代後半の女は、結婚市場において、今こそが自分が最も高く売れるタイミングだと自覚している（冷静な分析を好む彼らだ。間違いない）。そして、だからこそ、理想が、とても高い！

「う～ん、確かに稼いでいる男の人はそうなのかもだけど、フツウのサラリーマンの場合は、理想が高いというよりも、ジャッジが細かい、と私は感じた」

ウンザリした口調でそう話すのは、独身の女友達A（36）。

30歳前後に結婚願望が燃えたぎった時期を経て、それも原因のひとつとなり、当時の彼氏と33歳の冬に破局。それ以来、「もう男には懲りた状態に陥って、結婚願望も反動的に底辺まで沈んだ」が、「仕事」と「女友達」と「海外旅行」の数年を過ごしたことで、「やっと去年、また恋がしたいという気持ちでデートとかするようになった」。そしたらやはり、同年代の男とのタイミングのズレを痛感したという。

「セックスとかは抜きにして、何人かの男の子たちとデートしたんだけど、まぁ、子っていっても、同年代なんだけどさ、アハハ」と乾いた笑いをこぼしてAは続ける。

「まず、私の年齢からか、結婚したいに違いないという前提からみんな入ってくるのね。で、なにげない会話を装って、家族のこととか仕事のことを聞いてくるんだけど、なんとなく面接っぽい雰囲気があって。どれも恋には発展しなかったんだ。

中でも最悪だったのは、鍋を作ろうってことになってスーパーに行ったら、食材を買う手際をジッと後ろから観察してきた男がいて、トドメは、これ。

『いつもそうやって、値札見ないでカゴに入れるの？』

そう聞かれた時に、もう恋する気持ちもなにも一気にしぼんだよね。あぁ、これは初デートじゃなくて、結婚相手としての合否を決めるためのステップなんだって気づいて。仕方ないから鍋だけ食べて、それ以来会ってもないよ」

自身の結婚願望に振り回された時期を終え、また純粋にヒトを好きになりたかった女と、今まさに婚活期に突入した男は、同年代。自分が一度は通った道だからこそ、

「恋がどうというよりも、失敗しない結婚がしたい！」という相手のモードは「すぐに分かるし、なんか女みたいでこっちが萎える」とAは嘆く。

「ただよかったのは、いまだにちょっとトラウマだった過去の別れと、当時の自分を、ここでガツンと反省できたこと。誰かと愛し合いたい気持ちと、結婚がしたいという意思は、似ているようで根っこの部分が違うから、もうこれはベツモノなんだよね。それじゃあ相手に失礼だよなって、自分がやられて初めてリアルに分かった。

あと、結婚というタスクをクリアしたくてたまらない時期のあの焦りって、一種の呪い。催眠術にかかっているみたいに、ヘンになるの。でも、今の自分はもうそこから抜けたんだって、初めてハッキリ実感した。だって、焦ってる時の自分だったら、鍋オトコの条件に合うような自分を演じてでもして、結婚してたかも……」

そう言って苦笑してから、この人は違うと思った瞬間にスッパリと身を引けたことが、凄い自信になった、とAは笑う。それは、結婚という目標から逆算して考える癖からやっと解放されて、

誰かを、また、心から好きになれる自信。

「その変化にはね、子どもがいない人生もアリかなって思えたことが大きいかも」と、Aは言う。長くつき合った彼と別れてから、初めて女友達と海外旅行に行くようにな

ったら、それが想像していた以上に楽しくて、「こうやって自由にオトナの時間を謳歌する人生もアリじゃん！　って、実は生まれて初めて思えたの。それまでは、子どもがいない人生は自分にとってはアリエナイって頑なに思い込んでいたから、そう思えたことは大きかった。今は、どちらもアリだから、流れに身を任せようかなって。そもそも結婚とか出産って、自分で決められることでもなかったというか。人生を、自分が思うようにフルコントロールできると思っていたこと自体が、青かった。それも、若さのおごりかな」

そう言ってふんわりと笑ったAを前に、私は思う。結婚への焦りの呪いを打破することで、女の精神レベルは、こうもググンとあがるものなのか。20代の頃に入りがちな肩の力が、すっかり抜けたことで生まれた余裕が、柔らかいオーラのように彼女を包んでいて、それが妙に女っぽくて色っぽかった。

女という生き物は、どこまでいっても、男より一歩も二歩も先に、オトナになり続ける。

冒頭の谷原Xと反町Yにも聞かせてあげたい内容だった。が、それでもなんとなく、彼らは有能な女性と堅実な結婚をする気がしてならない（良いことだが）。でも、だけどいつか、ご子息がお受験に失敗したりしたら、やっとそこで、コントロールが利かないのが人生であることに気づくだろう。なにも意地悪で言っているわけじゃない。

自分の手になんかじゃ負えないからこそ、おもしろいのだ、運命は。

生活は、「好き」だけじゃ、まわらない。だけど、相手のことを「好き」じゃなきゃ乗り越えられない場面がたくさん出てくるのもまた、結婚なんじゃないかと私は思う。

生活（条件）と「好き」の両立こそ難しい？　でも、オトナになった私たちは、初恋はピュアだったと美化するけど、生まれて初めての恋ですら、私たちは頭と心を両方使ってしていたはずだ。

だからこそ恋をすると、自分ひとりの中にいろんな矛盾した声がして、葛藤が生まれる。だから苦しい。でも、その複雑さが恋を生み、相手とのぶつかり合いが、愛を育てるとも言える。頭を使う＝純粋じゃないということではない。どちらかに極端に偏ることが問題なのだ。頭デッカチでもなく、ハート一本勝負でもなく、自然とバランスはとれるはず。精神年齢の合う、相手となら。

Talk 9　結婚後こうなりました白書

それぞれの想定外度　★★★★☆

どんな男と、どんな関係を築くことができれば、結婚はうまくいくのか。

これは、「その後、ふたりは結婚して幸せに暮らしました」的ハッピーエンドを夢みる乙女たちにとっての、永遠のテーマだ。独身時代、私も女友達と共にああでもない、こうでもない、と何千時間もこれについてディベートしてきた（暇）。

求めていたのは、コレだ！という分かりやすい答えだったけど、「まぁ、実際結婚してみないことには、分っからないよね、これぱっかりは」という結論にいつもたどり着いた（何千時間も話し合って出した結論↓分からない↓これぞガールズトークの醍醐味である（笑））。それに、結婚経験が豊富なパイセンの格言がここで飛び出したところで、これぱっかりは分からないのだ。だって、人それぞれ、自分自身のタイプも違えば男の好みも異なるし、結婚に求めるものも様々なのだから。

いたるところで、いろんな女友達と、この手の話をしてきたが、私の印象に最も残っているのが深夜から朝方にかけての中野坂上のデニーズで、何故よく覚えているのかというと、私がオニオングラタンスープを4杯もおかわりして皆に引かれたからなのだが、そんなことはどうでもよい。何が言いたいかというと、その時の4人は今では全員既婚者で、「どんな結婚が正解なんだろう〜?」という当時の疑問の答えが、それぞれ、出始めているということだ!

時間なんて気にすることなく永遠に恋バナをしていられたあの頃を、過去に。オトナ世代の読者の皆様も忙しいだろうから、今回は4千字で、その途中経過を、まとめてみよう。4人の女が、結婚してみて、今、それぞれが感じている「リアル」のレポート。

まずはひとり目、いってみよう!(誰)。

Aは、カリスマだった。

指輪のつけ方ひとつから、その美しき顔面まで、すべてがイケていた。いや、もちろん今だって素敵だが、10代、20代の頃のAの「イケてる度数」は凄まじかった。職業は、もちろんアパレル。といっても、エッジが利きすぎた〝凡人理解不能レベルの〟モード系ではなく、一般受けするオシャレな女で、学生時代から男からも女からも、常に憧れられる存在だった。

「自分が追いかけるより、自分を追ってくれる男と結婚した方が幸せになれる」とは、よく言われることだが、Aが選んだ結婚はまさにソレ。「大好きだ」、「憧れだ」と自分を追いかけてくれる優しい男と結婚した。分かりやすく学生時代のグループヒエラルキーを用いて例えると、頂点に属するAから見て、ひとつふたつ、下に属する男と結婚したイメージだ。

つまりAは、必ずしも悪い意味ではなく、男を自分より格下に見ていた。男がAをミューズとして崇めていたわけだから、その関係性は明らかで、姫気質のあるAはソコにもひどく癒された。そうして男は、長年憧れ続けてきたAと結婚することができたのである。

結婚して7年、3人の子どもに恵まれた今、Aは叫ぶ。

「釣った魚にエサをやらないとは、まさにこのこと！　結婚する前は、地球上の誰よりも褒めてくれる男だったのに、今じゃ、オシャレをしても〝可愛い〟のひと言もあいつの口からは出てこない！　それどころか家事についてロうるさくディスってくる‼つーか、あいつ、最初は、私のファン的存在だったのに‼　偉くなったもんだわ！　なんなの、マジで、超、生意気……」

結論Ⅰ。カリスマとファンが、対等になるのが、結婚だ。

生活を共にするにあたり、追うも追われるも、ねぇ。最初っから相手を下に見ていると、ただでさえイラつくことの多い結婚生活の中、そのイラつきが5倍になる。

Bは、ダメ男に弱かった。

浮気や借金、暴力などの犯罪レベルのダメ男との恋愛を経て、Bは可愛げのあるダメ男と結婚した。仕事だというのに寝坊はするし、約束は守れないし、片付けも料理も何にもできないし常にダラダラしているけど、誠実だし借金もしないし、もちろん絶対に手もあげない。「完璧なんですけど」とBは思ったという。毎朝自分が起こしてあげたいし、家の中も綺麗にしてあげたいし、「もぉ～! ちゃんとしなさい!」って時には叱ってあげたいし、母性本能が強いBにとって、パーフェクトなダメさ加減であったのだ。

結婚して5年、年子の男児育児に奮闘中の、Bは叫ぶ。

「自分のことくらい自分でしろって感じ! 何にもできないから、まるで、でっかい長男みたいなんだけど、本物のちっちゃい息子たちと比べたら、まったく可愛くないし! ていうか、私、あんなデッカイ子ども、産んだ覚えないし! よく、夫に預けて美容院に行くとか言うでしょ？　うち、夫が頼りないから心配すぎて預けられないんだよね、最悪！」

結論2。母性本能くすぐり男は、本物の子ができた瞬間、ただの足手まといになる。

C（私）は、自身がオスだった。

超金持ちと結婚がしたい、という女たちは少なくないが、私はリッチな男に興味が持てない女だった。もちろん、仕事をする者同士、仕事に情熱を持ってきちんと稼いでいる男じゃないと価値観すら合わないので、貧乏な夢追い男などのサポートなんかは眼中にない。貧乏でも幸せならいい、ともまったく思っていない。金が好きだ。つまり、いわゆる善人ではない（笑）。

ただ、「億プレーヤーとの結婚＝超つまらない」と発言しては、女友達に「共感できない」と言われまくってきた。私は金も好きなのだが、もっと好きなのは、自分が金を稼ぐという行為なのだ。仕事を頑張って欲しいものを自力で手に入れる、そのゲームの過程が何よりも好きなので、たとえば億ションなんかを、ポーンと夫となるヒトに買われてしまったとしたら、私がプレイ中のゲームが台無しになる。こちらの仕事のモチベーションを下げてくる、そのような傲慢な行為は、やめてほしい。

そんな仕事大好き人間の私が結婚した男は、「家事なんかどうでもいいから、俺が痺《しび》れるような小説を書いていてほしい」と言ってくれた。それ以外にも、なんでこんなに価値観が合うんだろう、と不思議に思うほどピッタリだった夫とは、夜型の生活リズムも同じなら、年収まで同じくらい。毎晩、互いの仕事が終わる深夜2時〜3時にバーで待ち合わせをして朝まで一緒に遊ぶ日々は、「最高」そのものだった。

そんな夫と結婚して6年、互いの仕事と育児に奮闘する中で、たまに頭をよぎる言葉がある。それは、ある女優が離婚会見の時に、別れた理由として言っていた台詞だ。

「家庭に、男はふたりも、いらなかった」

私と夫は共に、柴刈りに出ている爺《じい》さんで、川に洗濯をしに行く婆さん不在のために、洗濯機の前にできた汚れ物の山が雪崩を起こしていたりする（苦笑）。子どもができる前は、無問題だったいろんなことが、子どもができた瞬間、ひっくり返るオセロのように「問題」になってゆく。出会った当初は、「生活サイクルまで相性いいんですけど〜♥」とまで思っていた（笑）彼の夜型の仕事を、私はすぐに恨み出した。アートディレクターの夫は、帰宅は早くても深夜0時。一方、執筆時間を朝型に変更した私は、毎日18時にお迎えダッシュ。育児のコアタイムに、私は常にひとりで2児育児……。

徹夜明けで帰宅した夫を見て、「お疲れ様♡」と心から思うことが不可能なのだ……。

「うっわー。いいねー、そんなに仕事できて。疲れたって言ったって、仕事終わって心は軽いっしょ？　私、育児で身体は超疲れてるけど、仕事の方は全然終わってないんだよねー。徹夜とか夢だわー。いいなーいいなー！　なんで男は子どもができた後も罪悪感ゼロで仕事しまくれるんだろー。世の中、おっかしーよねー!!」

ボロボロになるまで仕事をして帰宅した夫に、激しく嫉妬する女。その時の私のキレ面《ヅラ》は、妻のそれというよりむしろ、オスのソレ。

結論3。共働き、オス同士の結婚は、仕事時間の奪い合い。

　2児の育児＋夫婦の仕事量を合計してみた時点で、キャパオーバー。これを例えるならば、従業員がたったふたりしかいないブラック企業で働いている感じだ。2人（夫婦）しかいないんだから、ストレスはすべて、もうひとりの従業員へと向かうのだ。互いの血管が、この6年のあいだに、合計何十本切れたか分からない（笑）。

Dは、大の酒好き自由人だった。

　結婚しても、お互いがお互いの友達と自由に遊べる関係を理想としていたDは、クラブで出会ったイケメンフランス人とまさにそんな結婚をした。浮気はしないという信頼関係のもと、束縛は一切なし。メールひとつ入れれば、朝帰りオッケー。むしろ、それぞれが朝帰りするため、ふたりでとる朝食こそがディナー。財布も別だし、友達も別。ただ、帰る家はひとつ。

新婚当時は、「だから、結婚してもまだまだ遊び方自体は青春って感じかなー♡」なんて言っていたDだったが、結婚して3年が経った今、彼女はこうつぶやく。

「なんか、ただの、ルームメイトみたいになってきた……」

子どもがいないこともあり、互いの自由を尊重しすぎて関わり自体が薄くなっていき、「もはや他人では疑惑」が浮上したという。やはり、夫婦たるもの、何かはシェアしないとダメなんじゃないかと思ったDは、ペットを飼うことを検討中だという。

結論4。関係が自由すぎると、夫婦だって疎遠になる。

——と、こんな具合で、結婚は結婚でも、いろいろだ。そんな私たち4人に共通していることを挙げるとするなら、恋愛結婚だったこと。今でこそ冷静に、それぞれの結婚生活の「問題点」なんかを語っている私たちだが、出会った当初の色ボケだって酷かった(笑)。

今回は問題点にフォーカスしてお届けしたが、大好きな男と結婚できた、というのはもうこれだけで幸運だ。そして、今でこそ「釣った魚(自分)にエサをあげない相手」などと受け身な表現をして相手をディスっているが、シビアな恋愛市場の中で、それぞれの理想の魚（夫）を自分たちが釣った、とも言える（笑）。

そうだった。うっかり都合良く、忘れていた。私たち、それぞれエサを用意して、今の魚（夫たち）を、釣り上げたのだった。私自身、振り返ってみると、夫と出会った夜、寄せ上げていた私の胸の谷間を、彼は見ていた（笑）。そう、あれは明らかに、有効な、エサだった（笑）。

洋服はもちろん、部屋着だってセクシーな、私たち。スッピンだって、可愛い私たち（隠れ化粧済み）。いつだっていい香りがする、私たち。そんな恋愛初期のキラキラした私たちに、それぞれの夫たちは、恋をした。

それが、どうだ。

部屋の中で、わけ分かんないズボンをはいている、俺たち。スッピンなんて、ヤバすぎる、俺たち。生活臭が全身から漂う、家の中の俺たち。

結婚後、夫たちだって、どこかのタイミングで思ったはずだ。

爆睡中の俺たちを見て、「え、誰？」と……（爆）。

結婚とは生活で、贅沢でスペシャルな行為は「生活」とは呼ばれない。つまり結婚を服に例えるならば、「ジモ着」あたりか（笑）。家からコンビニに行く時のような格好をしているふたり、それが夫婦だ。

仲良しな今日があれば、険悪な明日があり、腸《はらわた》が煮えくり返る瞬間があれば、腹を抱えて笑える瞬間があり、そんなのの積み重ねと繰り返し。そして、いろんな問題が実は「どっちもどっち」であり、「まぁ、お互い様だな……」と思える限りは、結婚は続いてゆくと思われる（そのバランスが徹底的に崩壊した時、終わる気がする）。

今日も、いろんなご夫婦の、それぞれの素敵なファミリー風景がインスタのタイムラインを、穏やかにキラキラと流れている。はい、毎日SNSで見ていたとしても、夫婦って分からない。クソ、がつくほどの怒りなどはうつり込まない、写真の不思議（笑）。

Talk 10　夫という名のオトコ

そう、男。度★★★★

死ぬかと思うほどの多忙期を経て、ハワイに2週間、リラックスしに行ってきた。最高だった！　に決まっているので野暮な発言は控えるが、バカンスと呼ぶには少々ハードな5歳と3歳を連れての旅。仕事で東京に残った夫とは、LINEのテレビ電話機能（死語）で連絡を取り合う日々だった。

現在、結婚7年目。

夫婦としてはまだまだヒヨッコだが、近くにいてキスをせずにはいられぬほどのアツアツな時期は、そりゃあ過ぎた。

息もできないほどの大恋愛に燃え狂うまま入籍し、その半年後には子を授かり、第1子を出産した1年後には第2子を授かった。母親になることに猛烈な憧れを持っていた私にとって、この恵まれた流れには感謝してもしきれない。が、すべてのことには表があれば、裏もある。超シンプルかつストレートに「ただの女」でいられた私と、同じように「ただの男」だった夫は、あっという間に「2児の親」へと姿を変えた。

互いに育児と仕事の両立だけで精一杯な日々の中、「男」と「女」の関係をキープする、結婚しても、子どもができても、ずぅっとホットな男女の関係。

はい、それ、理想。でも実際は、それこそ数ある男女関係の中でも、最もハードルの高い〃至難の業〃なんじゃないか!? と思う。

子どもの予防接種に、仕事の〆切。夕食は何を食べさせよう問題など……。私の頭の中は、常にTo Do Listで埋まっている。打ち合わせ中に保育園から我が子の水疱瘡《みずぼうそう》の連絡を受けた日などは（実話）、組み立てたばかりのすべてのスケジュールを白紙に戻して一からの組み直し。

そんなマルチタスクな日々の中、「母」と「女」という対極とも言える顔を兼ね備えたマルチパーソナリティになれ！ と言われても……。

はい、ムリ。私には、ムリ。え？ それがデキル女もいる？ ふぅん、そいつムカつく……。ってな具合にわたくしは、この問題について考えるたびに、自分だけが女として欠陥があるように思えてきて、落ち込む代わりに仮想敵をつくっては殺気立った（大苦笑）。幼い子を両手に抱えた私は、そのような余裕なき数年間をおくってきた。

そこから少しばかりの余裕が出てきたのは、下の子が3歳になった今年に入ってから。今回のハワイも、2児育児が幕開けてからピタリと3年が経ち、やっと子連れで飛行機に乗る勇気が湧いてきたからこそ実現できた、久しぶりの海外旅行だったのだ。が、カタギの仕事をしている夫は、妻の勝手な〝長編小説入稿終わりタイミング〟なんかで休みをとれるはずがない。

「やっと仕事が一区切りつくから子どもたち連れてハワイ行ってくるね」「え？　いいけど2週間は長くない？　俺、寂しくてヤバイかも」「アロハ、ダーリン、ハウアーユー？」「最初は寂しかったけど、仕事がめっちゃ忙しくなってきて、家にも帰れてない状態だから、ハワイのタイミングは丁度よかったかも」「そっか。頑張ってね、愛してるよ」、「俺も」。

うん。上手くいっているといえば、いっている。が、すれ違っているといえば、すれ違ってもいる。アートディレクターの夫は、深夜に打ち合わせが始まったりする完全なる夜型仕事をしていて、保育園時間内に仕事をする私は今ではすっかり朝型だ。オアフ⇅東京間でなくとも、常に時差がある状態なのだ。

ワイキキの夜景に囲まれた深夜のラナイにて、私はひとり、とても久しぶりにゆっくりと自分の夫婦関係について考えた。そしたら次第に、不安になってきた。

会話を「愛してる」で締め合うことで、常に〝上手くいっている感〟に身を浸している私たちだが、愛の合い言葉の魔法によってもたらされる〝安心のしすぎ〟こそ、実はキケンなんじゃないか。それに、結婚7年目といえば、マリリン・モンローの主演映画『七年目の浮気』がとっても有名ではないか（怯）！

確かあれは、妻と子どもがバカンスに出掛けたためにマンハッタンにひとり残った夫のもとに、ブロンド美女が登場して男の浮気心が炸裂するというストーリー。状況が、微妙にかぶっている……！　でもまぁ、東京にも地下鉄の通気口こそあるが、そこに立つ白スカートふんわりモンローなど、そういない（笑）。映画のようにはいかぬ現実が、こちらの味方をすることも多いということを実感しつつも、忙殺されながら平和ボケしすぎていた自分自身にハッとした。

夫は、男だ！

そんな当たり前のことすら意識しなくては忘れかけてしまう、2400日（約6年半）にわたる「生活」の恐ろしさよ！　それをガツンと体感したところで、結婚歴の長いパイセンたちの言葉がやっと私の胸に刺さる。

「ここからが大事なんだよ！」

彼女たちは、そう口を揃えていた。子どものあり／なしにかかわらず、男女の関係が時間の経過によって倦怠してくるという事実は、すべてのカップルにとっての最大の課題だ。モンロー映画の影響で「7年」が節目のように言われることが多いが、実際に夫婦が破綻するのは10年目が最も多いというデータもある。

ここから3年が、大事なのかもしれない、とハワイのラナイで私は思った。気づいた時には手遅れなんてことにならぬよう、先手を打つに越したことはないだろう。今までは、聞いて「なるほど」と思ってもまたすぐに忙殺されて実践するには至らなかった、具体的なアドバイスをここにまとめよう。

1. 今すぐ黙って、下着を新調しろ！

照れくさがっている暇があるなら、日常的に身につけているものとは明らかに違うタイプのものを、ネットで5分で探して、1秒でポチれ！

そして、セックスをしたいと思う夜に身につけろ。もし、そんな作戦も空しくコトに至らなかったとしても、まったく落ち込むことなく（ここが大事）、そのまま寝ろ！

何度となく繰り返していれば、どこかで当たる！

2. 夫の隣で眠れ！　子もそれを望んでいる！

特に小さな子どもがいる場合、あのフワフワな体温や甘い寝息と添い寝する幸福感に勝てず、夫の隣で寝なくなる妻は多い（＝私だ。我が家は現在、ダブルベッドをふたつくっつけて、娘、私、息子、夫の順で寝ている）。個人的な実感として、これこそが、最もマズイと思っている。毎日一緒に眠るという行為は、セックスとはまた異なる角度から、互いへの計り知れぬほどの愛着を生む。それに、子ども側からしても、例え今はママと一緒に寝たくとも、10年後にもし母親から「パパと一緒に寝てなかったから（夫への）愛情が冷めちゃった」と言われることを考えれば、「オレはいいから（夫婦で）一緒に寝とけ！」と言うだろう（笑）。

――帰国後、この件について夫と話し合った結果、我が家はこの週末、ダブルベッドをもうひとつ買いに行く予定だ（子ども用ベッドにキッズを移すのは、親なしで寝ることに慣れた後にする）。我が家の小さなマンションの間取り的に、意味不明な決断であることは否めないが、優先順位を「インテリア」よりも「夫婦」に置く！

3. 香りを分けろ！　同化したら終わりだ！

石鹸やシャンプーを、夫と子どもたちと共有するな！　これは、産婦人科医の宋美玄先生に教えてもらって、目から鱗《うろこ》のテクだった。全身から自分とまったく同じ香りがする人間同士が一緒に眠れば、いくら寝床を変えたところで、ベッド共々まるっと同化。「君の髪から俺のシャンプーの匂いがするね」なんていう初々しい発情期を過ぎた男女は、同化したら終わり。さぁ、こちらもケチることなく、自分専用のものを即ポチれ！

これらは、日常生活の中で置き去ってしまった「男」と「女」としての互いの顔を、家の中にもう一度招き入れる作業。コツはたぶん、ひとつひとつを「努力」などとも思わずに、重く考えることなく、サクッとやっちまうことだ。

なんせ、忙しい。夫婦関係維持のための特別な努力をしなくてはならない、と思うだけで逃げたくなる（私は）。だからこそ、今すぐとっとと行動して、生活の中に新しい日常を組み込んでしまうのだ。

さぁ、ここで一度、自分が男になったと思って想像してみよう。

新しい下着を身につけ、女っぽい香りをまとって、俺の隣で眠る妻。

完璧すぎる。しかもなんだか少し切ないではないか、いじらしすぎる。愛らしすぎる。素晴らしすぎる。そして、そのようなセクシーワイフになるための準備なんて、ネットにて5分で完了する。これは、やるしかない（笑）！

「好き」という感情に灯る熱の温度は、時間の経過によって低下する。それはとても自然なことで、もし永遠に上昇傾向にあるとしたら、それはそれでサイコ・ラブへの入り口だ（笑）。燃えまくってセックス中に殺し合って心中する、なんていう恋愛小説的ハッピーエンドも個人的には嫌いじゃない。いや、むしろけっこう好きだ。いや、むしろ憧れる（笑）。が、人の親になった時点で、狂った女にはもうなれなくなった（残念）。

目標は、地に足をつけて、夫婦として、適温でピースに末永く愛し合うこと。人が最も長く浸かっていられるのは、ぬるま湯だ。沸騰寸前の湯の中で興奮するのはもちろん最高だが、その中での子育てはムリ。育児も仕事も忙しい今だからこそ、心地のよいぬるさが一番、生きやすい。

そんな適温を、絶妙な火加減で一定にキープすることも難しいが、何よりもキケンなのは、そもそもぬるいからこそ、その中の温度の変化に気づきにくいことだ。ぬるかった湯が、体感では分からぬ程度にゆるやかに温度を下げ始め、気づいた時には水のように冷たくなっていて、そこでやっと設けた話し合いがこじれて表面に氷が張り始めれば、誰だってバスタブから逃げるように飛び出すに決まっている。

セイブ・ザ・マリッジとは、英語でよく使われるフレーズだ。この言い回しから、結婚というものは、時々、「救わなくてはならない」ものだと分かる。どこまでも自然体で、ありのままで、ただただ生きているだけで勝手に続いていってくれるほど、甘くはないのだ、結婚は。

油断は禁物。夫は男。私は自分に言っている。よし、意識していこう!

Talk 11　本音の盛りドコロ

世はトライアングル度　★★★★★

「そろそろ結婚しないと、いよいよヤバイ……」

30代も後半にさしかかった女友達Xが、テーブルに頬杖をついて嘆いてみせる。「バツイチならまだしも、まさか真っ白な結婚バージンのまま四十路に突入することになるとは夢にも思っていなかった」と話し、「あ〜ぁ、焦るわぁ、焦るわぁ、焦るぅ」とけだるく連呼してみせる。

悩んでいることを、私に〝見せる〟。Xが気ままなひとり暮らしを愛していることを熟知している私には、なんとなくそう見えた。

「ねぇ、ほんとに？　そんなに結婚したいと思ってる？」

疑問に思って聞いてみたところ、Xはハッとした顔をしてからケロッと認めた。

「あ、バレた？　ぶっちゃけ、言ってるほどには思ってないし、焦ってもない」

「っ！」

ビックリした私を見て、Xもまた目を丸くする。「そうか、既婚者のリリにはこの感じ、分からないのか。教えてあげる！」と、Xはどこか得意気な笑みを浮かべて話し出す。

「あのね、本当はそこまで焦ってなくっても、焦るーって言っといた方が生きやすい世の中なの。だからとりあえず言っとく、みたいな」

「っ!!」

「世渡り術とも言えるかな。まぁこれは、バリキャリの独身女性には当てはまらないのかもしれないけど、私みたいにフツウのOLで独身だと、世間の風当たりがよりキツイというか。仕事は理由にならないのに何故まだ結婚しないのっていう疑問を人に抱かせるらしいんだよ、私という存在がここにいるだけで！」

「放っといてくれって感じだよね」と鼻息を荒らげてからXはふぅと呼吸を整え、「まぁ、だからさ、そんな私の立場を踏まえて想像してみてよ」と話を続ける。

「会社の休憩室で、自分より年下の女の子たちが結婚に焦るって話で沸いている時に、独身最年長の私が〝ひとり暮らしが一番気軽で私は好きー♥〟とか言ったら、いくらそれが本音だとしても、強がってるイタイ女にしか見えないでしょ!!」

「な、なるほど……」と頷いた私の前で、Xは自分がそう言っているところを想像したのか「ぐわー、ムリムリ、言えない絶対、そんなこと」と首を激しく横に振りまくる。

だからそういう時Xは、代わりにこの台詞で後輩たちの会話に入っていくらしい。

「もー！　ちょっとー！（焦るのは）私だよっ!!」

すると、どこかホッとした顔をした後輩たちから、「大丈夫ですよー！　先輩キレイだし」、「超若く見えるよねー」、「ね、それ思ってた！」みたいなのが返ってくるので、重くない程度のため息をふわぁっとつきながら「もー、（フォローは）いいってば★」ってな笑顔で締めると完璧らしい。

このようなやり取りから、独身であることの焦りに対してもオープンで、等身大で、話しやすいパイセンという立場が確立され、仕事もしやすくなるのだとXは言う。

「だからってなにも嘘をついているわけじゃないんだよ。言ってるほどではないってだけで、焦りがあるのは事実だし」

あ。それ、分かる。心の中で、私は深く頷いた。

口に出して言えば、なんで既婚な上に年下のあんたがアラフォーの独身の焦りバナシに共感するのよ、とXには光の速さで突っ込まれるかもしれないが、〝その行為〟なら身に覚えがありまくる。

これは、独身／既婚／子どもあり／なし／そして仕事と、置かれた立場がひとりひとり異なる今、他人との会話の中で誰もが無意識的にでもやっていることだ。要は、**自分の本音の中の、どこを盛るかというハナシ。**

たとえば、子どもにまつわる話。それは、立場の違う女同士で話すのが最も難しいトピックのひとつ。婦人科系の病気や不妊治療などの話題が出ることが増えてきたこの年代だからこそ、10代の頃の「子どもの話=癒し」みたいな方程式はまるで成り立たない。

出産間近の女友達には子育ての楽しさと素晴らしさを強調するが、独身の女友達には、「妖怪ウォッチ」と「ドラえもん」に封じ込められたドアの向こうのオトナの世界が眩しく見える気持ちの方を前に出す。どちらも心から思っていることだ。が、やはり相手によって話題をキッチリと使い分けている自分がいる。

もちろん、婚約破棄されたばかりの女友達に自分の結婚式の写真をLINEするバカなどいないし、この手の使い分けは常識でありマナーでもある。が、相手に合わせて自分を調節することに慣れすぎている自分にも気づく。最初は意識して気をつけていたのかもしれないが、今では、無意識のうちにやっている。

社会人が板についてきた、とはこういうことなのか!? これはもはや、「癖」の領域。もともと結婚願望の強いタイプではないことを知っている私にまでXが「焦る〜」アピールをかましてきたのも、その例だ。

「なるほどね。そっか。確かにみんながやってることなのかも」と、思ったことを早口で話しまくった私にXは頷いた。

「今気づいたけど、私の〝焦る〜〟はもう完全に癖になってるね。だって、今となっては便利なんだもん。焦るっていう単語そのものが。独身の私が結婚に対して焦っていると、安心する人がいっぱいいるの。たったその一言だけで、既婚者を立てることもできるし、誰のことも傷つけないし……」

腹を割ってそう話したXのため息を顔面に浴びながら、私はまた別の女友達Zが吐いていた同じようなため息を思い出してハッとする。

Zは、同じ独身でも彼女たちは違うかもしれないけどとさっきXが言っていた、バリキャリだ。

XとZの話は、真逆なのに同じだった。

Zの場合は、キャリアがあるから結婚願望がないヒトなのだと周りに決めつけられることが多く、気づけばもう誰からも結婚について聞かれなくなったという。別に、結婚願望がないわけじゃないのに。

Zは仕事がバリバリできるが故に立場そのものがパイセンすぎて、周りが過度に気を使う。そんな中、後輩で既婚者の女の子たちがいるところでうっかり「私も結婚したいんだよね〜」なんてポロッと漏らしたもんなら、周りの空気が一瞬にして凍りつき、なんともいえぬ緊張感が場を覆い尽くす。

そのことに気づいてからは、結婚の「け」の字も口に出せなくなった。仕事の後輩たちはZに、結婚願望のない仕事がデキル女性でいてほしがっていて、だからZも仕事に対する情熱などを語ることにしているという。何故ならそっちの方が、みんなが喜ぶから……。

ちなみに、後輩の既婚者たちを最も安心させる発言は、ふわっと笑顔で前髪をかきあげながらの、「私は仕事と結婚してるみたいなもんだからなぁ〜★」。仕事の充実感をキラキラと漂わせることがキーポイントらしい。たまにはソレやってあげるけど、正直しんどいよ、とZは言う。

アティチュードまで、**需要と供給の世界なのか、ここは!?**

社会人として生きることに慣れてきたとはいえ、人が求める自分を演じ続けていれば、代わりに何かはすり減ってゆく。相手を傷つけないために自分の本音を曲げて選んだその言葉は、ほんとはちょっとだけ自分自身を傷つける。

それなのに何故、そこに走るのか。自虐ネタが大好きな私は、その理由が分かる気がした。

一番の目的は、たぶん保身。

他人に痛いところを突かれる前に、先回りして自分で言う。あの人本当はこう思われているのに自分では気づいてないんじゃない？　などと思われるのが一番ダメージを食らうので、人にそう思われていることに自分が気づいていることをアピールする。極端な話、自分から率先して自分をメタクソにディスればディスるほど、他人からかかる声は優しくなるというものだ。が、それはそれで、イタイ(涙)。

他人の言葉でグサッと胸を刺されるような痛い思いはしたくないし、イタイ女にはもっとなりたくない。その狭間で、自虐ネタ加減を調整したり、話の盛りドコロを人によって変えたり……。文字にするとアホみたいだが、世渡りというのはこういうスキル。でもって結局それらはすべて、自分のためにしていることだとも言えるのだ。

「うん。確かにそうだ。私の焦る〜って言う癖は、攻撃を受ける前に自ら着込んだ鎧みたいなものかもしれん」と自己分析した後でXは、「でも、その鎧を誰との闘いのために着ているのかっていったら、敵はただひとり。自分の母親だわ……」と力弱くつぶやいた。
　そろそろ結婚しないといよいよヤバイ、という冒頭のXの台詞は、自分の母親の心の叫び。プレッシャーをかけられすぎて、気づけば自分が母親の気持ちを代弁していた、というわけだ。それもまた、すごく分かる。が、分かるという単語は違うので
「うんうん」頷く私にXが続ける。
「お母さんの声って、なんであんなにも大きく聞こえるんだろうね。百人に大丈夫だと言われても、母親がひとりイエローカードを出してくるだけで不安になる。
　うちの母親が言ってくるのが、結婚というよりも、その先にある子どものことなのね。子どもは持った方がいいって母親に言われるのって、複雑な気持ちになるんだよ。私を産んで本当に良かったって思っている何よりの証拠でしょ。ありがたいじゃん。でも、だからって価値観を押し付けられるのは迷惑だし、正直かなり重い。ただ、母親も年とってきたし、期待に応えられないことが申し訳ない気持ちにもなってきてさ
……」
　なんともいえない罪悪感が常に心の隅にあるのだとXは言う。子どもの世話に追われる私を見ていても、自分は自分のことだけしかしていないことに後ろめたさを感じてしまうと、腹を割って話してくれる。でも、育児だって結局は自分で母親になることを選んで好きでやってることだし、などとまた、本音の一部を盛ろうとしている自

分に気づいて私はそこで踏みとどまった。

「Xが、もしその罪悪感から、だからせめて焦ってはいないと、せめて悩んではいないと、って思っているんだとしたら、私も似たようなことをする癖がある」

私も、腹を割ることにした。言いにくい本音をそのまま話す。

「他人から見れば私は、仕事も結婚も子どももぜんぶ持ってるヒト。複数の女同士で集まってその手の会話になった途端、自動的に私はフルスペックを持つ強者的な立ち位置になってしまう。罪悪感とはまた違うけど、似たような後ろめたさを感じて、肩身が狭くなる。

だから、自虐する。だから、生活の余裕のなさを全面にアピールする。すべてを持つと言えば聞こえはいいけど、実際は24時間をそれら全部で割るわけだから、自分の時間がないんだよ、とか。キラキラどころか、その中にいる私自身は疲れてボロボロなんだから、とか。そういう時私はいつも、そこを盛る。

保身だよね。あいつ全部持っててムカつくって、思われたくないんだよ」

「っ!!」

Xが私を見つめて、次の瞬間ぷっと笑う。自分のためだけに生きていることへの罪悪感から、悩んでいるところを積極的に人に見せようとするXと、いろいろ持っている後ろめたさから必死こいてる姿をどんどん人に見せようとする私。どちらも悪いことなどひとつもしていないのに!!

「健気だねぇ」

シミジミと私が自分で言う。

「人間って、愛しいねぇ」

うっとりとXがふざけて言う。なんだか心の距離がいっそう縮まったことを感じて、私は最後に改めて思う。

好きな女とは、サシで会うのが非常に好きだ。

複数でワイワイやるのも楽しくていいが、ひとりひとりの立場も違えば、先輩か後輩かによっても取るべきスタンスが違ったりして、人数が増えれば増えるほどに会話の濃度はそりゃあ薄まる。

様々なトライアングルが絡まり合った社会の中を、なんとか上手に泳ごうともがく私たちだ。気心の知れた友達とは、腹割って、本音のデトックスをして、晴れた気持ちでまたねとハグして別れたい。

濃厚な1時間の会話を終え、Xはヨガへ、私は保育園のお迎えへ、ギュッと抱き合ってから、それぞれの持ち場へと散ったのであった。

これを今、読んでくれたあなたももし、ちょっとでもサッパリした気分になってくれたなら、うれしい。相手によって盛る部分を使い分けることが不可能だからこそ、ここでは腹を割って綴っていきたい所存。ハグ!!

Talk 12　仮面夫婦

ROCK度　☆☆☆☆☆

仮面夫婦。それは、ごく一部の不幸な夫婦のハナシだと思っていた。その、ホラーな響きからして（笑）。しかし、実際に自分が結婚してみると、その仮面の必要性にも気づかされる。

たとえば、夫婦でなく、子もいなく、互いへの愛情のみで繋がっている男女が修羅場った場合。恋人たちはその怒りの炎がおもむくままに、気が済むまで互いに、キレまくり続けることができる（自由ってロック！）。

しかし、その翌日に子どもの運動会を控えた夫婦の場合は、どうだ。そこはやはり互いの仏頂面に無理矢理にでもハッピーフェイスの仮面をハメ込んで、はい玉入れだ、はい二人三脚だ、を頑張るのが良い親だ（保護者ってモラリスト！）。

夫婦はオフィシャルなカップルだ。皇室でなくとも、公の行事というものがある。

家族のご飯会に始まり授業参観、いずれは子どもの受験面接などが、夫婦の共有スケジュールの中に入ってくる。

もちろん、恋人同士でも共通の友人たちとの飲み会などはあるが、シリアスさがまったく違う。喧嘩の続きを飲みの席でおっ始め、取っ組み合って床に転がったところで友人たちは「あいつらロック（笑）」と笑ってくれるかもしれないが、親族は凍る。保育園や幼稚園、小学校や中学校などの公共施設でそれをやれば、警察を呼ばれる。たとえ自分たちはそれで良くとも（?）、子どもに迷惑はかけたくない。元ハードロックだった夫婦でさえ、子を持つことで社会性を身につけて、良くも悪くもオトナになる。「これは一旦こっちに置いといて」と夫婦喧嘩を脇に置くことを覚えてゆく。

——ここまでは、まだ良い。この日を楽しみにしていた子どもが笑顔なら、仮面のつけ甲斐があるというものだ。

たとえ、その日は子どもとしか会話をしていなくても、運動会でゴザを敷いてお弁当を食べる家族の姿は、外から見れば綺麗にまとまっているように見えるだろう。

しかし、この喧嘩は、意識的に脇へと置いただけであり、解決したわけではまったくない。とはいえ、運動会が無事に終わり、子どもがやっと寝た夜の10時に、ガチンコの夫婦喧嘩をするのに必要なエネルギーが残っていることは非常に稀だ。

「もうね、そういう時は寝たフリする。喧嘩中のダンナと向き合わなきゃならないのが面倒臭いから、子どもと一緒に寝落ちしちゃったフリをする。そしたら5秒で本当に寝ちゃうしね。気づけばまた朝で、子どもも起きるし、こっちは慌ただしく動き回っていればいいわけだし。そっちの方がずっと気がラク」

「分かる、分かる。だって、もう本当に疲れ切ってるからね。しかも夫側も、こっちが寝てくれた方がほっとすると思うよ。クソババァが怒り面引っさげて、子どものベッドからリビングに帰還するよりも、ずっと（苦笑）」

「それ、間違いないわ……」

かつては彼氏との修羅場バナシで盛り上がった女友達と、狸寝入りの話題で共感し合う日がくるとは思ってもいなかった（笑）。

バトルは、当然ながら体力をとても使う。子どもの前で争う姿を見せたくないという良心から喧嘩を持ち越したはいいが、1日の終わりにはもう話し合うエネルギーが残っていない。

冷戦への、突入だ。

一時的のつもりで別フォルダへと移行させた怒りや不満が、未解決のまま、どんどん溜まってゆく。喧嘩の発端なんて、「妻が挑戦してみた〝おにぎらず〟に対しての夫からのディス」だったり、「蕎麦に〝お〟をつけるかつけないか問題」だったりと、大したコトじゃなかったかもしれない。が、多種多様な小さな怒りがごちゃまぜになっていて、気づけば、更にもっともっと小さなことでも相手に対して苛立つようになってゆく。

そんなキケンが、冷戦の中にはある。

なんだか知らないけど、夫に対して無性にイライラする。意味不明な勢いで、夫が自分に対してイラついている。そんな時は決まって、「喧嘩は一旦ここにフォルダ」がいっぱいになっている場合が多い。

その中からイッコずつ未解決事件を取り出して、夫婦で解決できればいいのだが、忙殺される生活の中、何と何と何について怒っていたのかという詳細は互いに忘れてしまっていたりする。

理由は覚えていないのに、その時にイラッとした感情だけはリアルにいつまでも覚えている。これ、非常にタチの悪いパターンである。

イラつく相手と、顔を合わせたいだろうか。イラつく相手と、話がしたいだろうか。イラつく相手と、セックスをしたいと思うだろうか。

——はい、ここで仮面夫婦の解説を書いてみましょう（誰）。

仮面夫婦：愛情がなく、会話もなく、セックスなんて死ぬほどなく、ただ世間体や金銭的な理由から離婚をせずに共に暮らすカップルのこと。家庭内別居をしている場合も多い。

ここへの入り口は、どんな夫婦にだって、わりとすぐ近くにあるものなんじゃないかと思う。最初は一時的な冷戦状態なのかもしれない。が、話し合うたびに余計にイラつくということを何度か繰り返した後で、話し合うことすらしなくなったら、キケン信号点滅だ。冷めた状況が、どこまでも長引いてゆく可能性がある。そして、互いにイラつき続けて数年が経った後で、愛情なんて残るだろうかというハナシになる。

嗚呼、夫婦。

生活に密着した男と女。喧嘩の理由なんて、生活の中にはいくらだって転がっている。だけど、冷戦状態があまりにも続けば夫婦はただの仮面と化して、喧嘩すらもうしなくなるのだろう。仮面夫婦になる発端は小さな喧嘩だったのかもしれないが、ふたりのあいだから喧嘩すら消えれば、ジ・エンド。

喧嘩するほど仲がよいとは、よく言ったものだとシミジミ思う。そして、「夫婦喧嘩の後のセックスが一番燃える」という台詞をサラッと吐ける既婚者こそが、結婚生活をモノにしている勝者であるとツクヅク思う。

ただ、夫婦が男女であり続けることと、子どもにとってのピースな家庭環境は、必ずしもイコールではない。ハッキリ言って、そのバランスが、とてつもなく難しい。

少し意外に思われるかもしれないが、私は自分自身がオンナであり続けることよりも、子どもにとっての良いお母さんであることを優先したいという気持ちが、ものすごく強いタイプである。

その理由はただひとつ。私の両親の夫婦喧嘩の激しさが、尋常ではなかったからだ。子どもの前でも抑えることができない感情は家の中で大爆発を繰り返し、修羅場っている彼らの顔面からは、お父さんとお母さんの仮面なんてものはズリ落ちて、最後の方はそんなモラルな仮面、壁に投げつけられて粉々に割れていた（笑、えない）。

マジでなんなのコイツら、と私は毎晩、ブチキレた。いい年こいてまだ男と女でバッカみたい、と小学生だった私は何度、号泣しながら思ったか分からない。が、今思うとだ、当時、両親は共に30代後半。当時は気づかなかったが若いのである（笑）。

夫婦喧嘩に巻き込まれる10歳程度の子どもの立場から両親を見れば、お願いだからもう少し枯れてくれ、と懇願したくなる年齢だが、男女としてはもちろんまだまだ現役だったわけだ。

子どもの頃、母親が夫婦喧嘩のたびに、普段の優しいお母さんから一転、オンナの顔に戻ることが嫌でたまらなかった。だから私は今、子どもたちの前では絶対に剝き出しのオンナを曝したくない一心で、自分の顔面に母親の仮面をガンガンに打ち付けている節がある。

ただ、それもまた極端すぎるのかもしれない、と時々思うのだ。現在60代の両親は今、やっといい感じに枯れたこともあり、ラブラブなのである！　そして、両親の喧嘩があまりにもウザかったことが、結果として、私の自立心を育てた（笑）。もっと言えば、男女のヒステリーを全身に浴びて育っていなければ、私は作家にはなっていなかった。

子どもの前で夫婦喧嘩を見せたくないモラリストが仮面夫婦となり、子どもの前でも容赦なく喧嘩をしてきた夫婦が、老後もラブラブ!?　これは極端な例えかもしれないけれど、周りの夫婦を見ていても一理あると思うのだ。

感情を殺す。それは、社会を生きる上で、夫婦でなくとも、ある程度は必要なスキル。だけど、感情を無にしてしまえばもう、生きる意味がないとも言える。

愛情も、何もかも、ふたりのあいだに残っていないのに、世間体や経済的な理由から離婚しない夫婦が多いということは、今の世の中が「夫婦／家族というユニットでいた方が生きやすい」ことを表している。その一方で、「結婚はコスパが悪い（金がかかるから無理）」という理由から独身を選ぶ若者が増えているというニュースが流れている。

確かに、不景気なのかもしれない。でもそれ以上に、どちらの男女も、不感症だと思うのだ。

誰かを愛する気持ちから、ずっと一緒にいたいと願うのはとても自然なこと。もちろんそのカタチが多様化するのは良いことで、結婚という枠だけに縛られる必要はどこにもない。だけど、そんな風に思える愛と出会う前から、自分が生きやすいことだけを最優先にする人生はあまりにもロックじゃなさすぎる。

誰かと一緒に生きるというのは、喜怒哀楽をシェアすること。互いに怒り合う日もあれば、共に喜び合う日があって、それらいろんな感情が夫婦の思い出となり、「代えのきかない絆」をつくってゆく。

理想論だと言われてしまえばそれまでだけど、そこに理想や希望があるからこそ私は結婚した。そして、結婚生活というものが綺麗ごとだけじゃまわらないことを実感したことで更に、夫と添い遂げることに巨大なロマンを感じている。

結婚って、タイヘンだ。茨の道を、あえて行く。

自分の中に共存する母親としての顔とひとりのオンナとしての顔を、どう上手に分ければ良いのか、実は今もまだよく分かっていない。いくつかの仮面を用意して、TPOで分けて使いこなせれば良いけれど、そこまで器用にもイマイチなれない。

正直、いつだって手探り状態だし、もしかしたら結婚生活とは、常にそういうことの連続なのかもしれない。でもだからこそ、挑戦のしがいがあるとも言える。今の若者はそうは思わないと言われればそこで終わりだが、私はどこまでいっても根っこが、アムラー、TK世代。

山も谷もない道じゃ、ジェットコースターにならないからつまらない！　不感症にだけはなりたくない！

「愛を求めることをやめたらもう、コスパもクソもねぇんだよ！」と吠えるのは、最近離婚してシングルマザーになった女友達。結婚以上に離婚は大変だったというが、それでも彼女は次こそ本物の愛を見つけて、また結婚がしたいという。もしかしたら「愛を諦めない結婚」こそが最も難しいのかもしれない。でもそのハードさ故に、それを求める姿勢こそ非常にロック。

茨の道を、熱く生きたい！

Talk 13　チームバツイチ

Cocco度　★★★★★

「結婚は10年ほど、経験させてもらったから、もういいやっ！」

〝結婚という茨の道をあえて突き進むROCK説〟を読んでそう言ったのは、バツイチの女友達A（39）。

Aが経験した約10年間の結婚ストーリーを1文にまとめると、こうだ。

恋をして、結婚して、子どもができて、育児を通して力を合わせて、すれ違ったり愛し合ったり憎み合ったりしているあいだに、〝男と女〟ではなくなって、セックスがなくなって、でも、それでもいいやとホノボノ暮らしていけるほどはお互いまだまったく枯れてはなくて、育児が一段落した頃に互いの目が外に向き出して、話し合った末に円満離婚。

中目黒のオープンテラスにて、

「あーっ！　夏がくる！　恋したい!!」

初夏の青空を仰ぐように伸びをしたAが、大きな声で言う。向かいに座っていた私は思わず、頭の上のレイバンをおろして装着。

だって、直視できぬほどにAはキラッキラしていた。

もし、このワンシーンのみを切り抜いて人に言葉で説明すれば、Aはただのチャラめな自由人に見えるかもしれない。でも、Aが放つ空気を肌で感じればもう、誰もそうは思わない。

圧倒的な、ハッピーオーラ。

人生のダークサイドからやっと抜け出した人に、久しぶりに降りそそぐ、初夏の光。それはもう、どうしようもなく眩しく光る。

どんな状況であっても、常にアホみたいにポジティブな人の中にはホンモノのバカも交じっているが（笑）、そんなチープなハッピー感とは空気の色味がまったく違う。

いくら円満離婚とはいえ、死ぬほどの葛藤と息ができないほどの苦しみを乗り越えてやっと、Aはココまでたどり着いた。

傷つけ合うかもしれないリスクを負って、男と女は結婚する。より幸せな未来をふたりで目指すための代償として、お互いにその巨大とも呼べるリスクを負う。どんな夫婦だって、そこは同じ。

——だから、男と女が結婚の終わりにお互いをどんなに傷つけ合ってしまったとしても、それはある意味、自己責任。仕方がないことだとも言える。

その一方で、そんな男女のもとに舞い降りてくれた罪なき天使には、幸せになる権利しかない。だから、たとえ夫婦が別れることになったとしても、彼らの真っ白な心へのダメージが最小限に留まるように努力しなくてはいけない。それこそ親としての重大責任であり、Aが最も苦しんだのもそこだった。

どんな男より、最愛の息子。

「でも最近は、10代になってずいぶんマセて、ママは彼氏つくった方がいいけど、モテなそうだよね〜って、そんな生意気まで言うんだよ〜」

Aの言葉に私ですら心底ほっとするのだから、息子が自分たちの離婚をなんとか乗り越えて前を向いてくれているという事実に、誰よりも安堵しているのはAだろう。

「でも、そんなオマセな男子に、私の本音は絶対に言えない！」

とAは笑って続ける。

「男は欲しいけど、今は彼氏はいらん!!」

「っ!! たとえ三十路の男ですら、ソレ理解できない人いっぱいいるわ」

爆笑する私にAは、

「そこそこ、そこなのよ問題は！」

と勢いよく食いついた。

「バツイチのシングルマザーですって言うと、男はかまえるみたいなの。いい男ならいい男ほど、真剣に考えなくちゃいけないと思ってくれる。この女性に手を出して、俺は果たして子どもを含めた彼女の人生を丸ごと受け入れられるのであろうか、みたいな。

ありがたいけど、迷惑なんだよね!!　こっちは一発ヤりたいだけなのに!!」

——はい、最高（爆）。Aはこのように、おもしろすぎる上に美女。「なんて、ヤッたら好きになっちゃうけどねぇ〜」とププッと可愛く笑うAを見て、同性の私でさえ「くぅ〜、たまらねぇな❤」と魅了されちまう。そして、改めて思う。

経済的な自立は、女をどこまでも自由にする。

20代の頃は、それ故に男に愛されにくくなることに悩んでもいた。母親になってからは、仕事と育児のバランスにもっと深く悩んだし、現にこの原稿を書いている今だってもがいている（保育園の迎えの時間までに入稿しなくてはならない！）。

そして、家事と育児は時に仕事よりもずっと大変だということを痛感した今、専業主婦が立派な仕事のひとつであることも分かっている。働くも働かないも、女性の選択肢が増えたこと自体が素晴らしいことだ。

でも、それでも、どうしても、我が娘に対して思うことはひとつなのだ。蜷川幸雄さんが娘である蜷川実花さんに言った名言を引用するならば、

『いつだって男を捨てられる女でいろ』

我が子の幸せを願うなら、その一言に尽きると思うのだ。娘だけではない。息子に対しても私はまったく同じことを思う。息子がもし将来結婚して、妻と別れたくても経済的理由から我慢をし続けなくてはいけないない人生を送っていたとしたら、そんなのもったいないないから自分で稼ごう！　と声を大にして叫ばずにはいられない。

働くことは、人生で一番のリスク回避。

「でもねぇ〜」と深いため息をついて、Aは真剣な顔になる。

「シングルマザーって、思っていた以上に大変だった。とても過酷。彼氏はいらないっていうのも、カッコつけてるわけじゃなくて、要は時間がないんだもん。パパとも会っているとはいえ、私がフルで育児をしてるわけだし。養育費だっていまいちアテにならないから、仕事もマジで頑張らなきゃだし！」

そこにはきっと、私が想像する以上のしんどさがあるだろう。

「そうだよ、シンママ、ほんとうにけっこうしんどいよね」と、同じシングルマザーでも再婚を熱望しているB（35）がAに言う。

「子どもふたりを大学まで出そうと思ってネットでいろいろ調べていたら、学費、やばかった……。一緒に戦ってくれるパートナーが欲しい、と夢見てしまう。もちろん、男の人にすべてを丸投げしたいとは思ってない。私も働く。だけど時々、深夜なんかに、やっぱりひとりでは無理かもと思ってしまう。

で、そんな風に相手に多くを求めてしまうからこそ、私がまだ若くて女としての魅力が残っているうちに、早く、早く、出会わなければと気持ちが焦るっ!!」

生活の中に時間がないから彼氏はいらないというAと、オンナとしての時間がないから早く出会いたいというB。どちらも、リアル。

B「ヤるだけでもいいなんて言えるのは、Aが稼いでいるからだよ！　すごく羨ましいし、尊敬もしてる。だって、私だって、そりゃヤりたい……!!　あ、てか、まずはヤればいいのか。別に、私だってその自由は持っていたんだった（笑）」

A「そうだよ！　独身をもっと謳歌しようよ!!」

オープンテラスで、そう言ってアハハと笑い合うAとBを見て、私は思う。

――夏が近い。誰もがヤりたがっている（笑）。

誰もが、というか――――――、

「私だって、失神するほどヤりたいよ!!」

「夫がいる人はマジ黙って！」とAとBに攻撃されながらも、私はひとり「あっ」と思った。産後のホルモン状態から、遂に自分が抜け出たことを改めて実感した瞬間だったのだ。

特に第1子の出産直後は、バツイチの女友達の恋バナにまったくついていけなかった。初めての24時間体制の育児で余裕がゼロだったということもあり、女友達から転送されてくる「男からこういう文章でメールきたんだけど、彼の気持ちをここから読み取って私に教えて」というアレが、かなりウザかった（笑）。

気づけばまた、人の恋バナに、キャッキャしている自分がいる。むしろ、めっちゃ盛り上がっちゃう自分がいる（笑）。下の子が3歳になり、子育てが落ち着いて少しばかりの余裕が出てきたら、母親になる前のほんとうの自分がまたニョキッと顔を出した。

おかえり、私！

これは、突然水を得た魚のようにフレッシュで、でもどこか懐かしく、とても嬉しい感覚だった。でも、キケンな面もセットであるような気がしている。昔の女の人が、子どもをたくさん産み続けた理由がよく分かる。隙間なく妊娠と出産を繰り返していれば、永遠に「お母さん一色モード」。それはそれで、育児をする上で都合が良い。

「いやいや、ずっと本来の自分の姿が〝母の顔〟の下に埋まったままの方が、ヤバイでしょ！　そうやって昔の男は妻を束縛し続けたんだよ。子どもを産ませ続けて、育児させ続けて、自分だけ外で浮気。マジ無理だわ、そういうの！」と言うのはAで、

「私はその理由から、ふたり目を急いだんだよ。若くして結婚したから、ひとり目の産後ホルモンから解放されて自分に戻った瞬間に、友達と外で遊びたくてたまらなくなっちゃって。これはヤバイと思って、また妊娠したの。効果はてきめん。またすぐに母さんモード！」と言ったのがBだ。

　これまたどちらの意見も、すごくよく分かる。だがしかし、オンナスイッチがオンでも、お母さんスイッチがオンでも、結婚は離婚に終わっている。

　やはり結婚という制度は、動物としての限界に挑む、人間としての挑戦だ。永遠に愛し合い、長い間互いに発情し合うことを人間は目指すけれど、動物的本能に従えば目が外の異性に向き、また母性に従い子どもに夢中になりすぎると夫婦間の男女感が消えてゆく。

「でも、愛する男とはそんな無謀な限界超えを目指したいから結婚という制度が好きだ」と私が言い、「この社会で生きるのに結婚はやはり適したかたちなのよ」とBが言

い、「そうかもしれないけれど、結婚にはそもそも無理があり、そこにもうロマンはまったく感じない」とAが言う。

それぞれの意見は違うのに、私たちは頷き合う。それぞれがいる枝だって違うが、共通点は母親であることと、全員揃って性欲あり（笑）。

「なんかさぁ、枯れていないよね、うちら。むしろ、熟してきちゃってイイ感じ♥」

と、Aが笑う。

「いいことだけど、私もっと、枯れてくれるものだと思ってた。ずいぶんとオトナになったのに、中身は若い頃と全然変わってないの。もっと言えば、男の趣味も。あたし若くてカワイイ男が好き!!」

「流石すぎるよ」とAの発言にBが笑い、私は最近思っていたことをふたりに話す。

「ねぇ、どんなに年齢を重ねても、根本の部分は変わらないのかもしれないって私も思ったの。で、突き詰めて考えていったら、出家する女の人の気持ちが最近初めて分かったというか」

「？？？」

ポカンとしているふたりを前に、私は続ける。

「今はまだ、オトナになったといってもオンナ真っ盛りな年頃でしょ？　でも、外見がおばあちゃんになってもまだ内側が変わらなかったら、それって辛くないのかな？

諦められるものなのかな。もういい加減、枯れてくれと思っても、自分の中のオンナが枯れてくれなかったら、もう出家する以外ないんじゃないかって。結婚が永遠に続くことを目指しながらも、でも万が一のために、出家も視野に入れてみようと思ったら、メンタルが安定した夜があったんだよね。分かる？」

「……」

理解されることを期待したが、ふたりは無言（笑）。

B「……よく、分からないけど、なんか凄いね」

A「まぁ、リリっぽいね……」

私「もういい。カラオケ行きたい!!」

「行こうよ！ 行こう!!」

そこは、ふたりも声を合わせて同意してくれた（笑）。

必死で子守りの手配をしてから後日、私たちは深夜の西麻布で落ち合った。子どもと一緒に風呂に入って消えた眉毛を描き足したり、翌日のお弁当の仕込みをしたりしながら子守り（私の場合は弟）の来宅待ち。バトンタッチした次の瞬間、子どもたちが寝静まったそれぞれの家をそうっと出る。

既に朝から晩までフルで働きまくった後で、睡眠を削って、女友達に会いに街に出る。

オトナになってからできた女友達と、美味しいワインが飲める個室カラオケにて、高校の制服を着ていた頃に放課後歌ったJ-POPを歌いまくる。

子どもが起きるまでには、帰宅する。きっと、2時間も眠れない。それでも、命をちょっぴり削ってでも、ほんのひととき「ただの自分の姿」に戻る。

「ヤバイー」、「ヤバイヤバイヤバイ！」。曲がかかると、私たちはまるでコギャルみたいにはしゃぎまくる。

青春時代の記憶が、空気が、音楽で一瞬にしてフラッシュバック。それは、それぞれがそれぞれ違う場所で過ごした青春が、ここにて交わるような不思議な感覚。毎日使い分けているいろんな仮面をいったん置いて、ぜんぶぜんぶ一瞬忘れて、私たちは踊りまくって熱唱する。

ラストソングは、Ｃｏｃｃｏだった。大好きで、嬉しくて、楽しくて、でもなんだか切なくて、理由なんて分からないけど、みんなで泣いた。

マイクを置いたら、光の速さでタクシー帰宅。少し寝て即起きる。まるでずっと家にいたかのような自然さをもって、起きてきた我が子に「おはよう」と笑顔を向ける。朝ご飯を食べさせる。

「眠たくて死ぬかと思った」「明け方の自分の顔がババアすぎた」「だけど絶対、また行こう」とグループＬＩＮＥを飛ばし合ってから、私たちはそれぞれの日常へと戻ってゆく。

人は強く、弱く、儚く、そして強い。ココにきて私はまたとても強く、女友達を愛してる。

Talk 14　フ・ツ・ウ・の結婚

灰色度　★★★★☆

「HIPHOPが血液に合う。聴いていると、生きていることを実感する」

この人は、『オトナミューズ』でいったい何を言い出すんだ！　と思われた方もいるかもしれない。が、これは今、このエッセイを執筆するためにヘッドホンをつけた私の、心の声。

つまり、ホンネ。

「ど、どしちゃったの!?」とか、「カッコつけている」とか、「病んでいる」と人に思われることが、ある。心からのホンネを、口に出して言うと。

だけど一方で、「心の中でモヤモヤしていた、だけどどう言葉にしたらいいのか分からなかった気持ちを、どうしてそんなにスパッと的確に言葉にできるの？」とも、よく言われる。読者の方からだけじゃない、友達にもビックリされる。

考えられる理由は、ひとつ。私は、灰色が苦手なのだ。

ううん、苦手なんてかわいいもんじゃない。モヤモヤとした気持ちの中に身を浸し続けると、気がおかしくなりそうになる。ほんとうに発狂してしまいそうになったことが、33年間の人生で3回ある。それはとても、正確な数字。発狂しそうになった瞬間ほど、私はとても冷静なのでその数をカウントできるのだ。

何故か。灰色が極限まで苦手な私は、小学生の頃から毎晩日記を書いていた。頭と気持ちの整理整頓をするために文章を書くのだ。もっと厳密に言えばそれは、身を灰色（社会）の中に漬けた一日の終わりに、モヤモヤとした自分の気持ちに白黒つけてゆく行為だった。

よくそんなに書き続けられるね、とみんなに驚かれたが、それをしないと気持ちが悪くなる。自分をモヤモヤさせる理由を頭で考えまくりながら、その時の自分の感情をできるだけ正確に文字へと変えてゆく。一種のセラピーだ。その行為そのものが、私のメンタルをとても健康に保つ。

10歳に満たない頃から続けているその習慣はそのまま仕事となり、まったく同じことをしている「今」へと至る。

世の中のほぼすべては、灰色でできていると言っていい。

そこでイチイチ白黒つけようとしながら生きるのは、苦しい。灰色を灰色のまま、社会の、人間の、ありのままを受け入れて生きることができたらどんなにラクだろう。そう、これまでの人生で何度泣きながら思ってきたか分からない。

だけど、できない。不思議だ。何故なら色としてのグレーは大好きで、今も私が着ているTシャツだってグレーなのだ。

そういえば、ニューヨークの小学校を卒業してから帰国し、入学した茨城県つくば市にある私立中学の夏服も全身グレーだった。

その校舎の中で、「性格を変えなさい」と複数の教師に何度か言われた。「変わらなければ、あなたは社会でやっていけない」と。そのうちのひとりは大好きだった女の先生だったので、不意打ちで殴られたようなショックを受けた。

そのきっかけは、「髪の毛をしばるゴムの色が赤ではいけない」という校則に、納得ができない。納得できない規則には従えないので、私が納得できる理由を教えてほしい」と先生との班ノートに書き、答えが得られなかったので職員室にまで聞きに行ったこと。

私はその理由を、先生の口から聞き出すことに成功した。私立の学校というのはある種ビジネスだ。保護者に選ばれる学校であり続けることが大事らしい。だから生徒が派手だと人気が落ちる。

すぐ決めた。私、この灰色すぎる箱の中にはいられない。中学生なのに高校生だとウソをついて即バイトを開始。その頃は家族ともまったく上手くいっていなかった。だから自分で稼いだ金で、家出する計画だった。ニューヨークに戻るための片道航空券代が貯まったら、私は飛ぶ。

バイトしていることはすぐに親にバレ、大問題になった。が、最後には両親は理解してくれた。「そんなにも海外に戻りたいなら、留学しなさい」。ものすごく感謝している。私は彼らに自分を変えろと言われたことがない。もちろん激しくぶつかり合ってもきたが、そんな私の個性と行動力に関しては、今でも誇りに思ってくれている。だから私は、自分のヘンなところを人から引かれることがあっても、特には気にならなかった。

両親が愛してくれている自分の個性なのだ。超泣きまくりながらも、超前向きに捉えて、精一杯ハッピーに生きている。そして、涙を流しながら書いた文章は、書籍となり、多くの人に愛された。その事実は私をとても救ってくれて、だから読者の方にはいつも「ありがとう」って思っている。

ヘンなところを愛してもらえると救われる。ヘンなところを嫌われると死にたくなる。そんな極端な振り幅が、私の中には、とても情けないことに存在する。だからこそ、私は自分の変わっているところを誰よりも愛してあげることに決めている。

7年前の秋に、夫と出会った時、強烈な運命を感じた。白か黒か？　真っ黒だ!!　すべてが最高すぎた。オスとメスとして熱烈に惹かれ合った。

「だけど、あえて、籍を入れてから初めてセックスしない？」、「だって、そっちの方がエロくない？」。そんなことを提案すると、夫はブッ飛んだ私にメロメロになった。フツウではない部分を好きな男に愛されることが、私の心を何より癒す。

何故ならソコこそ、オンナとしての私の最大の、コンプレックス。

だから、セックスの相性が合わなかったらどうしようとか、そんなことはまったく思わなかった。この人となら、永遠に話をしていられる。人生観の相性と比べたらセックスなんてどうでもいい。とか言いながらも、身体がとけそうになるキスだけで彼とのセックスがヤバイことは分かっていた。でもそれがどんなに良くたって「結婚」と「セックス」の相性の悪さには勝てないと知っていた。いつかはなくなるって、わりと覚悟もしてた。結婚とセックスの相性が悪いことなんて知っている。

——そう、思っていた。でも、甘かった。

セックスは、男女の共同生活に必要な潤滑油。

2歳差の2児育児と仕事に夫も私も忙殺されて、正直セックスどころではなかった。レスでも、とても仲良くやっていた時期が長くある。でも、〝男女関係〟が欠落した夫婦関係の中には、キーキーキーキーと耳ざわりな音が響き出す。生活の中の些細なことにも互いに苛立つようになってくる。

育児と家事の分担問題についての喧嘩を、何百回と繰り返してきた。お互いに一生懸命やっているのに、まったく同じ内容の喧嘩で何百回も傷つけ合うのは、ものすごくしんどい。喧嘩を避けるようになった。でも、お互いへの不満と苛立ちは身体の奥に溜まってゆく。セックスが、どんどん遠くなる。

これは一度ハマるとなかなか抜け出せない、悪循環の無限ループ。子どもたちの前で喧嘩したくないし、仲良くしたいから口論はやめたのに、それでも空気中で無言のバトルが続いているような冷戦状態。

家の中の気が悪くなる。飾ったばかりの、花が枯れる。そんな空気が、子育てをする環境としてよいわけがない。

もちろん、夫婦のあいだにふたたび火がつくことこそベストだと考えた。あたらしいベッドを買ってみたり、ふたりで出掛けてみたり、と何年もかけて向き合おうとしてみたつもりだけれど、やはり、努力でコントロールできる域を超えるのが、男と女。

まぁ、知っている。火遊びを外でして性欲を満たし、家庭は家庭でピースにまわす、というという場合とても合理的で現実的で「灰色な結婚」というものが世の中に存在していることは。もし仮にそれを「フッウの結婚」だとするならば、私も夫も、そんな「フッウ」がどうしてもできない。

夫婦って、似た者同士。私たちは、浮気ができない。ウソがつけない。それは悪いことではないけれど、だけど、そうなってくるとやはりツジツマが合わなくなってくる。もう男女ではないのに、お互いを縛り合い続けるこの関係自体に、クエスチョンマーク。大恋愛＝結婚だった私たちから、大恋愛が丸ごと消えて、結婚という箱だけが残っていた。でも、子どもたちのためには離婚はできれば避けたいと考えた。

――ということは、あれ？　私も彼も、もう一生セックスをしないのだろうか。

私たちの「素晴らしかった結婚」が、気づけば一緒にいて息苦しくなるところまで堕ちていた。

でも、だけど、自分の中で眠りから覚めそうになっているオンナさえ葬り去ることができれば、この日々は永遠に続いてくれるかもしれない。私の心は別として、頭では、なによりもそれを望んでいた。

死ね、自分の中の、クソオンナ！　ひとりベランダで泣きながらそう思った夜に、私は初めて、出家する女性の気持ちが分かった気がした。極端すぎると、よく言われる。だけど、幼い頃からずっとそうなのだから、ソコが変わることは一生ないだろう。

どうしても。

両親がしてくれたように、私は自分のソコを受け入れて、更には愛してあげたいのだ、

「病的なくらい、愛を求めている女が好きだ」

「それは、私じゃない。それは、私のお母さん」

「俺には、分かる。貴女は、そう」

「やめてよ。私は、もっとフツゥ。それに、あなた、病的に愛を求める女のヤバさ、知らないからそんなことが言えるんだよ。ふつうは手に負えないよ。私、お母さんのこと手に負えないもん！」

一語一句、暗記している。六本木のクラブで出会ったその夜に、何故出会ったばかりの私と結婚がしたいと言えるのかと聞いたら夫はそう言ってきて、私はそう答えた。

つい最近、母親が六本木のカフェで私に言った。

「貴女は私のことを〝変わってる変わってる〟って言うけれど、貴女の方が変わってるのよ。だから私も、あと、もうちょっとだったわね」

母親の夢は、作家だった。

「ゆりは、俺が想像していた以上に、フツウじゃないよ」

夫の声からはもう、甘い響きは消えていた。

——何かが終わりを告げる、音がした。とても小さな音だけど、私はそれを聞き逃すことができない。

「円満に終わらせるなら今」だという直感を全身で感じ、それをしばらく冷静に分析してみた結果、その音を無視しないことに決めた。

ホンネを言うと、「作家」なんか、どうでもいいのだ。私はただ、小さい頃から書きたい衝動が強すぎて指が止まらない。つまりは、人に言いたいことが脳内にあふれ出す。だから、それを仕事にする以外に自分を幸せにする術はない。そう判断したから、必死でデビューした。そして、それでお金をもらうからには、読者の方に何かを届けることができれば、と思って書き続けている。

やりがいのある大好きな仕事であることは間違いない。むしろ、天職だと言い切れる。でも、まるで工場だとたまに思う。常に音楽を聴いて、灰色の現実と白黒の自分とのクッキリとした境界線を酔わせながら、タバコのグレーな煙を口から吐いて文章を書いている。このままじゃ早死に、間違いない(泣笑)。

昔はそれでも別にいいと思っていたけれど、私は母親だ。もっと健やかに生きたいと最近、切実に思う。子どもたちの未来を、できるだけ長く、見ていたい。

嗚呼、子どもたちの存在が、私を徹底的に救ってくれる。母親には、悲しみに浸ってクレイジーになる時間すら、あまり用意されていない。朝がくれば子どもたちがお腹すいたと起きてくる。仕事にも〆切というものがある。

子どもたちが、仕事が、私をかつてないほど強くする。

魂が震える音が自分で聞こえるほどに、ふたりを愛している。そして、その音色はきっとふたりにも届いているし、このメロディが鳴り止むことは永遠にないだろう。

私が音ならば、夫が子どもたちを見つめる視線のオーラには色がある。濃厚で優しくて、子どもたちをまるごと包み込むようなその愛の色は、少し病的なところがある私には決して出せない種類の色。

彼がパパで、私がママ。抜群の相性だと思っている。なんてラッキーな子どもたちだと、ふたりの笑顔を見ながらいつも思う。

別れの苦しさにもだえ泣きながらも、私は神に感謝する。私と彼のあいだに、パパとママとしての永遠の男女の縁を、運んできてくださったことを。これからもその絆を、かたちを変えて永遠まで繋ぎたい。いや、繋いでゆく。

吐くほど苦しい話し合いを経て、最後は冷静にふたりで離婚届に署名をした翌日、ひさしぶりに家族4人でとても楽しい週末を過ごすことができた。家の中の〝気〟が、確実にガラリと良くなった。

リビングに飾った百合の花が、今もとても綺麗で、泣ける。

出会った頃にもらって嬉しかった台詞どおり、「俺のことは気にせずに、自分の気持ちに正直に書いて」と言ってくれた彼の男気に、心の底から感謝する。作家を妻に持った夫の、鑑と思う。

それにしたって離婚なんて、生まれて初めてだ。ほんとうは胸が、張り裂けてしまいそうだ。

「自分を自分で愛せばもう寂しくないよ」と、ヘッドホン越しのラップが私に語りかける。Big Seanの〝One Man Can Change the World〟。そのライムが、フローが、リリックが、私の弱ったハートに染みわたる。目を閉じて、私は自分に言い聞かせる。魔法の言葉のようにエンドレスリピートで繰り返す。

私は強い。私は強い。私は強い。効き目は抜群。なぜならそれは、まあまあ事実。頬に流れる涙の熱で、自分を癒す。そして、パッと視線をあげて、時計を見る。

これを書いている今も、あと数時間で子どもたちが起きてくる。笑顔で始まるその「おはよう」に、実は自分自身が一番チカラをもらう。すると改めて、私はこの決断を肯定できる。

子どもたちのためにも、私は自分をハッピーに保つ義務がある。

そのためなら、たとえ大勢の人が右に行く道だとしても、私は自分の直感を信じて左へ行く。灰色の中で曇っているよりも、太陽を浴びて笑っていたい。プラスとマイナスの振り幅が極端だからこそ、私はポジティブに振り切ることを選ぶ以外に方法がない。

心からの笑顔を子どもたちに見せることで、彼らがオトナになることを楽しみに思ってくれたなら、それこそ私の理想とする育児のかたちなのだ。

100パーセント幸福な子ども時代というものを、親は子に与えたくなるけれど、コインには常に表と裏がある。「人生最高の子ども時代」というのもまた、キツいのだ。何故ならその後には、オトナになった彼らが自力で生きていかなくてはならない、子ども時代よりも遥かに長い、人生の本番が待っている。もちろん私たちにできる自己ベストのハッピーを与えるつもりだ。でも、それで至らない部分は、彼らがオトナになった時の糧にもなる。

「親のこういうところが嫌だったから、私は絶対にそうはしない」という怒りにも似た強い気持ちは、いつだって私を奮い立たせてくれる。

自分を幸せにするための決断力と行動力は、オトナの人生に必要不可欠。過去に後悔は、ゼロとは言えない。だけど未来に不安など、今はない。ウジウジしている暇などないのだ。せっかちな私は、悩んでいる状態のグレーが、この世で一番キライなのだ。

子どもたちを魅了できるような背中で、一生懸命に歩くことを、私は目指す。今は5歳と3歳のふたりが、自分たちのタイミングで羽ばたくその日まで、このかわいい手は何があったって離さない。そして、彼らの反対側の手をギュッと繋いでいる夫も、私とまったく同じ気持ちだと分かることが、最後の最後までとてもとても心強い。

私の結婚に自分の夢を重ねてくれていた読者の方たちがいることは、知っている。ガッカリさせてしまったら申し訳ないとは思うけれど、私は自分の人生を生きることで精一杯だ。

私が、この世の何よりも、どうでもよくないもの、それは「愛」だ。「仕事」じゃない。男との愛のカタチが、グレーになることだけはどうしても耐えられない。たとえ私のこの決断が、読者を裏切ることになったとしたって仕方がない。

ウソがつけないこと。それが必ずしも良いことではないことは、私自身が一番よく分かっている。だけど、つけない。特に、文章でウソを書くという行為は絶対にできない。幼き日々につけていた日記帳の鍵はいつのまにか外れ、ここが、私の書く場所になっていた。

どんなに苦しくても、その瞬間瞬間のホンネ以外は書きたくない。書くこと自体が辛いのに、文章と自分の現状とのズレは、私をもっと苦しめる。

でも、これはまるで魔法のよう。すべてのグレーなズレが修正されてピタリとすべてに自分自身が納得できたその瞬間、私は心身共に、とても元気になる。

夏がくる。私たちは今まで以上に幸せになれると、心の底から信じている。

――私はそうやって自分自身に強く、強く、言い聞かせる。

Talk 15　マミーとバニーの両立問題

方程式のススメ度　★★★★★

「女子力をあげるための5つの方法」、「絶対にモテる！　愛されヘア特集」、「母親でも一生オンナ！　子どもが自慢したくなるセクシーママン♥」。

これらは、私を最も唖然とさせる、女性誌3大キャッチコピー。

――う、嘘でしょ。あ、阿呆なの？　ば、馬鹿なんじゃないの？

多数の雑誌で頻繁に組まれるこれらの企画を目にするたびに、頬を引っ叩かれるような思いがする。コンビニで、電車の中吊りで、街中で、ただ歩いているだけなのに視界に入ってくるそれらの言葉に、横ッ面を左右交互に引っ叩かれまくりのリリィ(涙)。

1.「女子力をあげる」。私は、初潮を心待ちにしていた10歳あたりの頃から、自分の中のオンナをあえてダウナーにすることで心のバランスを取ろうと必死だ。それなのに、努力をしてわざわざオンナをアッパーに!??
2.「絶対にモテる」。私は、自分が性的対象として見ていない男に一方的に発情されることが潔癖レベルで苦手だ。そして、同じだけの愛情を返すことができない男に、恋をされることはそれ以上に嫌いだ。
　何故ならそれは、思わせぶりなことを自分がしてしまった何よりの証拠なので、自己嫌悪に悩まされる。自分のことを嫌いになる、ということを最も恐れる私にとって、気のない男に恋をされることは「負」でしかない。

　それなのに、不特定多数の男を恋に落とすための髪型を、練習!?!?
3.「セクシーママン♥」。母ちゃんのエロスとか、子どもからしたら、全力でオエーーーッ!!!（吐）。
　もちろん、理解している。世間とズレているのがどちらなのか。わ、私だ（泣）。だから過剰反応してしまう（号泣）。多数派とのギャップを感じると、勝手にアウェイを感じて、寂しすぎるあまりに怒りたくなってしまうのだ（迷惑）。

その理由、とてもシンプル。はい、実は誰よりも粘っこい、インナーオンナ。実は底抜けかもしれない、男に愛されたい欲。そして、それらを叶える武器としての色気テク。とか、自分で言っちゃう自意識過剰な、ビッチ加減（↓冒頭に戻る↓エンドレスループ）。

そして、それらをどうやって抑えてきたかというと、その方法にこそ巨大とも言える自己矛盾がある。

アンダーグラウンドな、つまりは地下にある、黒いHIPHOPが流れる箱の中でのみ、私は地上では抑えている「オンナ」、「モテ」、「セクシー」、「ビッチ」の4大欲求を解放させてきた。10代からの10年間、週3回ペースのクラブ通いでせっせと発散。そんな旅路の途中で遂に、それらの欲を最も効果的に、一発で満たせる方法へとたどり着いた。ただ、年に一度しか使えぬ手段。

深夜のハロウィンイベントで、バニーになって踊り狂うこと。

自分でも不思議だった。何故、自分の誕生日よりもクリスマスよりも、一年を通したすべてのイベントの中で、ハロウィンが格別に好きなのか。

「コスプレをすることにより、いつもの自分以外の誰かになることで大胆になれる!!クレイジーで最高!!」

というのが多数派の意見ならば、私はまたそこから少しズレる。

「一年に一度、ホンネの自分で大暴れすることができる上に、ハロウィンという言い訳が私を常識人の枠に留めてくれる!!　合理的でナイス!!」

これは、母親になるまでの『私の方程式』だった。

母になり、私はガラリと変わった。当然、方程式も新しいものへと更新された。真っ先に消えたのが、バニーな自分。産後、全身がまるごと「お母さん」という新たなキャラに包み込まれたので、シャボン玉がパチンと消えるようにしてバニー死去。

出産が私を、バニーからマミーにしてくれた。

超待望の赤ちゃんだった。幼い頃からいつかいつかと願っていた「お母さん」という顔が、自分にピタリとハマったのを感じた。新生児の育児そのものはめちゃくちゃ大変だったが、そのキャラ自体はとても新鮮で、すごく心地よかった。

そして一時的にだが、リリーも手放そうかと考えた時期があった。子を保育園に入れることへの罪悪感と、子と離れたくない気持ちで胸が張り裂けそうになったのだ。どうしてだろう。女性が働く権利を誰よりも強く信じ、願い、戦ってもきた私が、ここでまさかの大葛藤。

自分の中にどっぷりと入り込んでいた「女は、母親は、こうでなくてはいけない」

という社会の刷り込みの威力を感じた。洗脳されていた自分にショックを受けたが、実はそれよりも、自分の母親が専業主婦で、私と弟のためにすべてを注いでくれたという事実が大きかったように思う。

かなり泣いて悩んだ結果、10代後半からの約10年間、恋愛以上の情熱を注いでやっとの思いで築き上げたリリーを捨てることはできないと判断した。もちろん、自分のためにそうしたのだが、自分優先の判断は実は、子どものためにも繋がったと感じている。

もし自分が子どもの立場だったとして、母親が心のどこかで「あなたのためにキャリアを捨ててあげた」なんてほんの少しでも思っていたとしたら、ホラーだからだ。

そう思う可能性がゼロでない限り、仕事は辞めない方が良い。今なら、そう言い切れる。何故なら、将来、子どもに対して恩着せがましいババァになる可能性とリスクが非常に高いからだ（嗚呼、女……。泣笑）。

その可能性がゼロならスパッと辞める！　というのもまた素晴らしい選択だ。純粋に憧れる（純度の高い憧れとは、自分とは違うタイプの人間に対して、敬意アリ嫉妬ゼロの〝いいなぁ〟を募らせる行為だ）。

母親が仕事を続けるか否かの問題。これぱかりは本当に、その人自身のタイプと、その人が身を置く経済的な状況による。

私は、仕事をしていないとヤバイタイプだ。何がヤバイって、もともと生まれ持ったエネルギー量が大きい。子どもたちだけに集中してコレを注げば、重すぎる愛となる。

愛は、大きいのは良いが、重いのはダメ!!

「私のすべてよ、あなたたちは」スタイルでオンリーマミーな私が暴走すれば、将来的に必ずや彼らに迷惑をかけることになる。自分を忙しくして、あえてエネルギーを分散した方が良いタイプの人間だ。

「保育園に入れるかどうか迷うことに使うエネルギーがもったいない。決断したならば今すぐにそのエネルギーを、ベストな園探しに使うべき！　区立保育園は激戦なんだよ！」

漫画家のおかざき真里さんがくれた言葉が、私の背中をドカンと押した。息子をスリングで抱っこしながら、学区内の保育園をすべてまわり、区役所に何度も、何度も通った。

そして、息子が1歳3ヵ月の4月から、無事に保育園に入園。素敵な先生がたに恵まれた。想像していた百万倍、子どもにとっても私にとっても、保育園という場所は素晴らしかった。保育園＝可哀想という自分の中に何故かあったイメージが、完全に覆る体験だった。

そこからは、マミーとリリーの両立の日々。すぐに第2子の娘を妊娠し、出産し、2歳差の2児育児が幕開けて、その大変さは言葉になどできないものだったが、だけど同時にとても幸福な時間が流れていた。ただ、母親業と仕事だけでは満たされない、女としての自分を持て余し始めたのは下の子の出産後半年くらい経ってからだろうか。

でも、女を満たす余裕などない日々がそこからも数年間どこまでも続いた。

——そして、初産から5年が経ち、下の子が3歳になって、育児に少しばかりの余裕が出始めた頃、マミーとリリーだけだった私の中にバニーが復活の兆しを見せ始めた。具体的に言うと、時々エロい夢を見るようになった(笑)。いや、今だから笑えるが、当時私はけっこう焦った。

そして、人生の最後の選択肢として出家を考えるほどに、私はそのバニーを殺したいと願っていた。バニーが不在の方が、家族の平和が保たれると思ったからだ。でも、やはり無理があった。イライラしやすくなった。感情がアップダウンするようになった。

『自分を満たす方程式』の更新時期がきたことを思い知った。

百人女がいれば百通りのタイプの女がいる。誰もが違うが共通点は非常に多い。そのひとつは、どんな女にも複数の顔があることだ。自分の中に、矛盾すら抱える。だから頭をスッキリさせておかないと、どんな女も心のモヤモヤから解放されることはない。何故なら、常にいろんな感情が絡み合っているのが、女だからだ。

女が、ハッピーに生きるコツ。

それは、自分で自分を70パーセント満たす『方程式』を自分自身で探し出し、毎日それを実行すること以外にない（自分で自分を完璧に満たすことは不可能だし、不必要。人を寄せ付けずに孤独になる。だから腹七分で良い）。

ずっと、マミーとリリーのみだった。でも、体力勝負だった子育てに少しだけ生まれた余裕スペースに、今まで頑なに締め出してきたバニーを、そっと手招きして入れてあげることにした。

母親業、最優先を、絶対条件に。

これは最重要ポイントだ。とても気をつけないと、オンナはいとも簡単に、母親である事実を追い越して暴走する。オンナは魔物だからだ。そして、神様はドSだ。女をそんな風につくりながらも、母親には子を守れと命令する。もちろん人それぞれの事情や状況があるため、そのカタチに正解などない。ただ、ひとつ言えることは、オンナと母親のバランスの崩れはあらゆる不運を呼び寄せる。

運が悪くなることほど、人生において怖いことはない。私は常にそう思っている。だから目指すは、母親業を優先しつつオンナを生かす、黄金バランス。これ、実はとても難しい。でも、実際にこなしている人も少数だが存在していて、彼女たちが手にしているのはバランス良きピースな幸せだ。そう、平和。マミーの精神安定こそが、子どもの笑顔をキープする。そこに行き着く道のりは人それぞれだけど、刺激よりも安定を、ゴールにはきちんと設定すべき。ドキドキなら良いが、心を疲労させるようなソワソワと育児の相性は、ハッキリ言って最悪だからだ。

作家としてのメリットを言えば、母親になったことが、まず第一位。私という人間の中に、新しい引き出しを増やし続けてくれている。そして、バニーを自分の中に招き入れたことも結果的にとてもプラスになっているのを感じている。マミーには出せないスパイシーな粉を、バニーがパラパラと文章にふりかけてくれるようになった。

そう考えると、大丈夫かも、と思える。バランス良く、こなしていけそうな気がしている。

算数は苦手だけれど、私は人生の変化期にはこうやって自分のオリジナル方程式を考えて、自己ベストなバランスをまずつくる。生活は後から追いつくから、まず設定するのだ。

読者の方の中にも実践している方が多くいる。たとえば、〝リリ本〟を廊下に置いて、幼稚園のお迎えに行く前の30分だけ読んで、女友達と語った気分になることでオンナを満たしている、というありがたい声を頂いたことがある。恋も仕事も中途半端な自分に悩むことをやめて、朝1時間早く起きて、スタバで資格の勉強をするようにしたら心が安定したという声もあった。

神様はそんな女に、優しく微笑む。

これは、開運のパワースポットを日常の中につくる作業。スピリチュアルなことを私は信じているが、どこまでもリアリストで合理主義者な私は、ひたすら日常を生きることで同時に開運してゆくスタイルだ。ウソは運を悪くする。だからつかないというのも、すごくある。ただ、すべてを包み隠さずに暴露することが、幸運を運んでくるわけではないのも、また事実。

とにかく今は、マミーリリーバニーのバランスボールの自主練に励む日々。離婚でついた心の傷と、休みなき育児に、連続する〆切、そして＋α。正直、いっぱいいっぱいだけど、ネガティブな自己嫌悪の波に追いつかれない速度で、自分と子どもたちの笑顔をなんとかキープして、日々を走り抜けている。

私離婚した。

ひとりで街を歩いていると、勝手に目から涙が流れてくる。1ヵ月で6kg痩せた。クラクラする。

だけど頭は、かつてないほどクールに冴え渡っている。きっと上手に乗り越えられる。過去に試練を乗り越えてきた経験の数だけ、私は自分を強く保っていられる。

10年後の自分が優しく微笑んでいられるように、一日一日に愛と責任を持って、我が道を、感謝して、精進するのみだ。——そう自分に言いきかせる。

P.S.　ウサギは寂しいと死んじゃうというウワサを信じ、自分の中のバニーを締め出そうとしていた節があるが、インスタのコメントでウサギを飼っているという方が教えてくれた。バニーは寂しくたって死なないそうだ。それだけで、涙が出るほど救われる思いがする。

Talk 16　いたわりの秋

夏の疲労度　★★★★☆

そのダメージは、時間差をもって、じわりじわりとやってくる。

夏休みなのだから子どものために、とスケジュールの中に少しムリしてねじ込んだ、海や山の疲れが、今になって身体をぐったりさせている。「年をとると疲れはすぐには身体に出ないのよぉ」とは60代の母がよく言う台詞だが、もしや、その域に達したのだろうか。まさか。

どちらかと言えば、「夏」というキーワードを聞いただけで「何か夏らしいことをしなくちゃ!!」という謎のプレッシャーを勝手に背負い込んでしまうくらい、まだ精神的に青いのだ。が、そんな「夏」から解放された途端にドッと疲れを感じる程度には、もう身体はそんなに若くはない（笑）。

初夏には、「睡眠時間を削ってでも、夜の街に遊びに出たい!!」、「分かるッ!!」、「飲みたいッ!!」なんてテンションで叫び合っていた女友達との会話も、「なんか、いろいろ疲れちゃったー。家で、静かに、栗ご飯でも食べていたい」、「分かる。栗、やばーい（棒読み）」ってところまでトーンダウン（笑）。

ふぅ、2015年の夏、終了。

東京都心では35度を超える猛暑日の連続記録が更新されるなど、とにかく暑い夏だった。個人的にはプライベートがとてつもなくゴタゴタし、月9ドラマ『恋仲』に携わっていたので仕事の方もかつてないほど忙しく、その上に更に「子どもたちに夏の思い出を！」という親心もプラスされ、猛暑の中を全力疾走した数カ月だった（息切れ）。

暑すぎた気候のせいなのか、はたまたこれも「夏」がそうさせるのか、深夜の東京の路上にはバタバタと酔っぱらった人が倒れていたり、喧嘩が多発したのか赤いライトを点滅させながら停車中のパトカーを同じ通り沿いに何台も見たりした。夏のあいだじゅうエモーショナルだった私の〝負〟が引き寄せただけかもしれないが（苦笑）、良くも悪くもホットな夏を過ごした人が多かったように見受けられる（あれ、私の周りだけ!?）。

で、9月に入った途端に一気に寒くなり、終わりの予感に浸る暇もなく気づけばパタリと終了していた、というのもまた今年の夏の特徴だ（笑）。

だからなのか、「もう夏も終わりかぁ〜、寂しいねぇ〜」というノスタルジックな声が聞こえてくる代わりに、「お盆進行（連休があるのですべての〆切が前倒しになる）を乗り切ったと思ったら、次はシルバーウィーク進行だって！　で、気づいたら年末進行がくるよ、これ。ヤバッ!!」という雑誌関係者の殺伐とした声が今も周りで響き渡っている（あれ、これもまた、私の周りだけ!?）。

それでもってしまいには（これは出版関係者だけに限らないはなしなのだが）、年齢を重ねるにつれて一年が終わる体感スピードが速くなるが故に、栗ご飯の次はこんな会話だ。

「夏が終わってから、が早いんだよね」

「そうそう。もう2015年終わるよ、これ」

夏の余韻どころか秋をかっとばし、既に年末の哀愁に浸りつつあるという、せっかちさ（苦笑）。でも、本当なのだ。きっと次に「あっ！」と思う頃にはもう、私たちは寒い寒いとコートの襟の中に首をすぼめながら、イルミネーションが光る街を歩いている。

このスピード感は、もしかしたら東京をはじめとする、都市部独特のものなのかもしれない。でも、多かれ少なかれ（特にファッション誌を手にする女性なら）誰もが、自分の歩くスピードを落としてはいけないと心のどこかで思っている。季節も、街も、周りにいる人間も、走っているように見えるからだ。その中で立ち止まれば、自分ひとりだけが置いていかれてしまうようで――。

うん、確かにそれもある。でも、それだけでは、絶対にない。

何故なら、他人がどうだからこう、という相対的なものごとに煽られて気持ちを揺さぶられることは、20代の頃に比べたら圧倒的に少なくなったからだ（もっと言えば、自分のことでいっぱいいっぱいで、他人にそこまでの興味を持つ余裕がない）。

では何故、今も、歩く速度をゆるめようとしないのか。

しばらく考えて、行き着いた答えに私はハッとなった。

きっとそれは、自分の中にある感情に、追いつかれたくないからだ。私はこの夏、全速力で走りながら、何かから、物凄い勢いで逃げていたようにも思う。元夫と籍を抜いたとはいえ以前と同じように家族4人で暮らしているし、生活自体は変わっていないのだが、それでも。

7年前の秋に結婚した時に実現させようとしていた〝男女の永遠〟のひとつのカタチが終わったことに対して、自覚している以上に、ショックを受けているのだと思う。

でも、それをガツンと体感して徹底的に傷ついてしまうのは、やっぱりとっても怖いのだ。

日々というのは、いちいち後悔したって仕方がない小さなミスの連続だ。きっとそれらが積み重なって、人は最後に何かを失う。では、毎日立ち止まって、前日の自分の些細なミスを振り返り、反省し、逐一訂正していけば良かったのかといえば、そうなのかもしれないけど——。

そんなことできる人いるの？　と思ってしまう。

中学生時代なら、できたし、やっていた。恋愛トラブルの発生を制服のスカートのポッケに入れたポケベルが伝えてきた次の瞬間、1秒たりとも迷うことなく授業を抜けて保健室に行き、生地が硬くて白いシーツとベッドカバーのあいだに挟まって、自分の何がいけなかったのかを考え続けることが、できたし、やった。「後悔」なんていうオトナっぽい言葉にほんのりと酔いながら、男（男子）と上手くいかないショックをあえて全身でくらって泣くという行為も、センチメンタルで悪くなかった（笑）。うん、

ショックのデカさと痛みのヤバさのレベルが、とてつもなく、違う。

それに、オトナには、休むことが許されない仕事がある。そして目の前には「ママお腹すいたー。早くご飯ちょうだーい。ママ背中かゆーい。早くかいてー」などと、自分のニーズをこちらに求めることを当然の権利として口に出し続ける子どもがいる(笑)。昨日の己のミスなんぞ、振り返る暇もなく、今やるべきことをひたすらこなしてゆく〝現在の連打〟がそこにある。

自分の1日を録画して早送りにすると、明日に向かって走り続けているように見える。そうか、意識して走っていたというよりも、今すべきタスクをこなしてゆくだけで猛ダッシュ状態、とも言える。

でも、結果としてそれは、何かを少しずつ失いながらも、基本的には常にポジティブに生きている自分へと繋がっているのかもしれない。それに、もし時間に余裕があったとしても、合理主義な私だからかもしれないが〝タラレバ娘〟になることは、嫌いというよりも苦手だ。あの時こうしてタラ、やっぱりあの日こうしていレバ、と考える時間そのものに強いストレスを感じてしまう。

あえてゆるやかに例えるならば、夏のあいだは、白が映える小麦肌をとても気に入っていたのに、頬に小さなシミを見つけた秋の朝に、急に日焼けしたことをジワジワと後悔しはじめる、あの感じ。それが苦手。

そんな灰色の気持ちの中でウジウジするよりは、「はい、このシミは夏の思い出！」

と開き直るか「はい、消しちゃう！」と〝シミ／レーザー〟をググり出すか、どちらかしかできない性分だ（結局いつも、ググることすら面倒くさくって、放置……）。パッと立ち止まって、過ぎたことを振り返り、額にジワジワとイヤな汗をかきはじめるくらいなら、鏡なんかと向き合わずに走っていた方が、ずっとマシ!?

──でも、

A（33）「どんなに見ないようにしていても、ふとした隙にね、気持ちって、追いついてくるんだよね。私はベッドから起き上がれなくなるよ、朝。この前は深夜だね、家の廊下から起き上がれなくなったよね」

B（38）「うん、後から、くるんだよね。私の場合は、問題が解決して感情も落ち着いた頃に、発熱する。そういう時は、だいたい7度4分だね」

C（40）「私は、熱は出ないけど、涙が出るね。しかも、しばらくした後で、電車に乗っている時とかに、いきなりダーッと目からあふれ出てくる感じ。でもその頃にはもう、具体的には何が悲しいのか悔しいのかとか、その理由はハッキリとは分からないね」

内なる感情から逃げるために走る説／または走らなきゃ日常がまわらない説に同意してくれた女友達が、口々に自分のパターンを教えてくれた。そして、最後にこう、口を揃える。

「まぁ、でも、アレだね。一言で言うと、疲れ、だね」

「……つかれ」。私はその3文字を口に出し、その音と意味をひとり、噛み締める。独身／既婚／離婚直後／バツ2恋愛中／と、それぞれまったく違う枝に身を置く女4人にとって、これほど共感度の高い単語が他にあるだろうか!?

私たちが過ごしたバラバラな夏を、簡単に解説すると、こうだ。

独身のAは、SNSで知り合った男と恋仲になったはいいが、彼に手渡された名刺に記載されていた企業名から肩書き、名前に至るまですべてがフェイクである可能性が出てきたために、疑心暗鬼になった。本人に直接聞けば良いと分かってはいても聞き出せず、彼が口に出す言葉すべてが嘘にしか思えなくなり、しまいには被害妄想が拡大して彼の顔が詐欺師にしか見えなくなって、恋仲を解消。

次は、娘の夏休みに合わせて実家に帰省していた、既婚のB。思春期に突入した娘との日々のバトルに、自分の母親まで加わってきた。かと思ったら、娘と母親がタッグを組んで自分への攻撃を始めるという、想像するだけで爆死しそうなストレスを夏のあいだずっと抱え続けた。

最後は、バツ2恋愛中のC。二度も結婚と離婚を経験しているために、再婚欲はゼロ。しかし、恋人である年下男の結婚願望はとても強く、子どもも欲しいという。愛する彼が望むのならば叶えてあげたいという気持ちはあるが、年齢的にも、仕事的にも、今から母親になる道が自分にあるのかは分からない。女として繊細な部分でもあるために、Cがその話題から逃げれば逃げるほど、女である自分が〝ズルイおじさま〟のようなキャラになってゆき、男である彼が〝結婚を焦る適齢期の乙女〟のようになってゆく。それが何よりも互いにイヤで、関係は日々悪化。

そして私はつい昨夜、なにげなく開いた自分のウィキペディアに、離婚の二文字が追加されていた事実に、なんだか不意打ちで、グッサリと、胸にナイフを刺されたような感覚を味わった。著書リストは6年前から未更新のままなのに。何故、プライベートだけ……。一瞬、被害妄想が膨らんで、勝手に他人の悪意みたいなものを想像してしまった。

はぁ。私たち4人は、口から深いため息を漏らし、同じ想いを言葉にする。

「なんか、ちと、疲れたね」

でも、すぐにこう、付け加えた。

「まあ、大丈夫、だけどね」

だって、私たち以上にせっかちな時間は、季節をすっかり秋へと移しかえてくれている。

せっかくだから、切なさを味わうのに最適なこの季節を、早送りせずに感じようかな。どんなに日々に追われていても、深呼吸をひとつする余裕くらいは、誰にでも平等にあるわけで。それだけでも、身体の中に入ってくる冷たい空気に、秋を、今を、きっときちんと感じられる。

グラディエーターサンダルの紐を解いて、ブーツの後ろのジッパーをゆっくりとあげる。景色を変えゆくこの街を、相変わらずの早足で、でも背筋伸ばして、可憐に歩こう。

自分をいたわり、優しく生きよう。

Talk 17　セカンドバージン

リハビリ度　★★★☆☆

「息抜きにサクッとやってみたら？」

煮詰まっているなら、窓を開けて外の空気を部屋に入れた方がいい。——とでもいうような爽やかさをもって、女友達がいきなり私にセックスを提案（笑）。

「自由の身なんだから、誰とだっていいし、そこに愛があってもなくてもどっちでもいいし、別に誰にも言わなくてもいいし、1時間くらいでサクッと一度、さ♪」

——「え」。

まるで石のように、私は硬直した。

「サクッとセックス」

口に出して言ってみる。うん、語呂は良い。昔、そんな感じでしてみたことも、一度や二度くらいあったような気がしてる。思い出してみよう、と目を閉じる。

——でも、想像がつかない。

頭の中で描こうとした過去の自分が出演している〝サクッとエロ〟映像の代わりに、数年前に、当時離婚したばかりだった女友達が言った台詞が再生された。

〝もう一度恋がしたいと、思っていないわけでもないんだけど、お母さんとしての日常に慣れすぎて、なんていうか、上手く言えないんだけど、いろいろとスッカリさっぱり忘れてるんだよね。

でもこの前ね、合コンに行ってみたのよ、自己紹介とかするやつ。そこで目の前に並んだ男性陣を見て、パッと思った感想が口から出て、周りもだけど自分もビックリしちゃった〟

その会話をしたあの夜、私たちは互いに子どもを寝かしつけてから電話をしていて、そう説明した後で彼女が放った台詞が、衝撃的だったのだ。

「あ、男がいる」

まるで動物園でライオンを見た子どもが、そのままの感想を率直に言葉にしたような発音でつぶやいたらしいのだ、合コンにて（笑）。

しかも私は、彼女が母親になる前の〝プレイヤー〟な姿を知っているからこそ、その一言の意外さに爆笑。子が寝静まる部屋で、声を殺しつつ笑い転げた。だって、それこそけっこうサクサクとヤッていたタイプなのである、昔の彼女は。

でも、「ウソでしょ」と笑いながらもその感じは、「めちゃくちゃ分かる」と思った。産後1年に満たなかったその頃の私の視界にも、「男」は映らなかった。もちろん、性別が男性な人間はそこらへんに大勢いるのだが、誰ひとりとして「男」には見えない世界に住んでいた。

たとえば、スリングに息子を入れて街を歩くと、視線の先の交差点をこっちに向かって歩いているひとりの男が視界に入ってキュンとした。人混みの中で、頭ひとつ抜け出た背の高い彼にだけ、目がいった。

タイプだから、ではない。彼の肩にかかったリュックの紐が、エルゴに見えたという理由で、だ（笑）。常にオンになっていた私の〝子を溺愛するパパ素敵〟センサーに、彼のリュックがエルゴと察知されてひっかかっただけだった！　いわば、誤作動（笑）。

スーツ姿でiPhoneを耳にあて、何やら仕事のはなしをしている男を街で見かけて、涙ぐんだこともある。彼の頬の感じが、その時やはりスリングに入れていた息子にちょっと似ていたのだ。

まだ0歳の息子も、いつかこんな風に大きくなり、仕事をしたりするのだろうか。また、彼のお母様も、息子が無事に健康に成人し、立派に仕事もしていて、さぞ安心していることとだろう。

そんなことを0・3秒で想像したら0・5秒後には鼻の奥がツンとして、1秒後には視界が熱い涙でぼやけていた。その瞬間のことは忘れもしない。あれは赤坂サカスの前であり、彼はきっと博報堂あたりの社員だろう。

――はい、重症（笑）。私はあの頃、「男」不在の世界の住人だった。

知り合いの不倫話にも、「へー」。セフレの話題で盛り上がる女友達にも、「ふーん」。クソがつくほど真面目でつまらない女に成り下がった、とディスられたこともあるが、道徳の問題などではなく、ただ単に「男」にまったく興味がなかったのである。

私は「赤子」との新しい世界に夢中だった。育児そのものにテンパることはあっても、パステルカラーの部屋の中は完全に守られた幸せな空間。そこに流れるは、〝男へのＬＩＮＥに既読がつかないなどというゴミのような問題にいちいちクソみたいな気持ちになること〟が1秒たりともない、〝赤ちゃんにおっぱいをあげている〟という哺乳類にして有意義なあたたかい時間。

ひとりの人間の中に同居しつつも対極の位置にある、「女」から「母」へ。私はいつも、平均値よりも大幅に針が振り切れる習性がある。「産後2年くらいでそこから少しずつ足が抜けて自分を取り戻していくよ」と先輩ママたちから聞いていたが、ちょうど産後2年でふたたび出産したので、「母」に振り切った針が真ん中あたりに戻るまでに私の場合は4、5年かかった。

——そして今、目の前の女友達が私の顔を覗き込む。

「ねぇ、リリ、聞いてる？　とにかく、気軽にでもなんでもいいから、ヤッた方がいいって」

「処女だわ」

私は即答し、目が点になった女友達を前に続けた。

「もう何年もしてないし、その間は丸ごと百パーお母さんだったわけだから、私、今、もう一度処女だ」

そう語る私の真剣な目を見て、女友達の表情が、石のように固まった。そして、

「……子どもふたりも産んどいて、それ、いくらなんでも、図々しいわ」

「……あ、そっか。た、確かに……」（笑）。

女友達には大笑いされたのだが、でも私はやっぱりけっこう本気。気軽にサクッとセックスなんて、どう考えたってできなそう。愛のないセックスをした後の自分のメンタルそのものが想像不可能なので、怖い。ペースを崩せない大切な日常（仕事と育児）があるために、サクッとしたノリなんかじゃ、巨大なリスクはおかせない。

それに結局のところ、まだ、自由の身ではないのかもしれない。これは良くも悪くも。自分のイマイチ定まり切らない気持ちに、私の身体は縛られている。それに、針

が振り切れる習性を自覚しているからこそ、まだダメだと思っているところもあるのかも。

でも自分でも時々、思う。これは一体、なんの、修行なのだろうかと（苦笑）。

その一方で、殺すことをやめて生かすことにしたバニーな自分なら、解放した。パチンッとオンに戻ったスイッチは毎日実感している。その証拠に、

「男」がちゃんと「男」に見える（笑）。

我ながら、初歩的すぎる。純粋すぎる、と思われるかもしれないけど、女友達が言ったように、やはりオトナの経産婦たるもの「処女」とはまったく違ったようだ（当然）。

私は「男」に慣れている。その結果、また異なる新しい現象が起きている。「乙女」なんてものを通り越し、自分自身が「男」になっているように錯覚するシーンが時々あるのだ（苦笑）。

説明しよう。出産前の体重に戻ったこともあって、最近よく褒められる。で、単純な私はもちろんすぐに調子にノる。仕事の打ち合わせ中に、年下の男たちに色気があると褒められた時も、私はもれなく図に乗った。

「あなた、もしかして私のこと、性的な目で見てるの!?」

安心してほしい。仕事でのつき合いとはいえ気心の知れた仲間内での雑談だ。ジョークだ。でも彼は素敵なことを言った。「見てますよ！　男なんだから！　でも俺たちのことはガキ扱いじゃないですか！」と、割とけっこう本気めに。

「フッ。最ッ高!!」

思わず、心の底から言っていた（笑）。

「……え」とビビる男の前で、心の声が何度も漏れる。

「あ〜〜、最高」。浮かれすぎて気づけばタバコに火をつけちゃっていて、「あ、ごめん。タバコ吸っていい？」。

「あ、はい、どうぞ。俺も吸おうかな。ていうか、え……」と固まる男たちの前で私はひとり、浮気はしないけどキャバクラには行くおっさんのようなメンタルに（笑）。

しかし、今こうしてその時の様子を正確に文字にしてみると、ちょっと引く。自分のこの、ウザすぎるほどの調子のコキ具合に、だ。スーツ姿の男性を0歳の息子と重ねて泣いていた自分とはまるで別人。そんな自分自身に、やはり引く（笑）。

と、同時に〝あーそういえば私ってこういうウザい性格だったんだよなぁ〟と本来の自分をしみじみ思い出していたら、その瞬間ワッと気持ちが軽くなるのを感じた。フレッシュな感覚が、たまらなかった!!

「すごく分かるよ、その感じ。なんでもないようなことで、痛感するんだよね」と、タイミングを同じくして同調してくれたのは、3年つき合った婚約者と破局したばかりの女友達だった。

自分より背の低い彼よりも大きくなるのがイヤで履いていなかったハイヒールを、3年ぶりに履いた時に「ウワッとなった」と言う。

涙をいっぱい流した後のこの〝I'm back〟感、真夏に飲む炭酸水のよう。

冒頭の台詞で女友達が私にオススメしたかったのも、「サクッとセックス」をはしょって言えば、きっとこれ。必要なのは、煮詰まっていたところに、新鮮さを運び込む、新しい風。

本当は別に、新しくもなんともないのだ。もともとの自分、なのだから。でもそこには、久しぶりだからこそ、とても新鮮に感じる「自分」がいた。

誰かの「婚約者」から「シングル」に戻った女友達だって、生まれて初めてヒールのある靴に足を通したわけでも、初めてシングルになったわけでも、まったくない。それなのに、今、そこから見える景色は、百パーセント真新しいものなのだ。

女って、なんてタイヘンなんだろうと頭を抱えていた時期が長かった私は、この清々しさに、救われる。

「女」、「母」、「妻」、「仕事の肩書き」——。それらの名前ではくくれない「顔」だってもちろんあるし、それらすべてがセットで丸ごとひとりの「自分」ができている。「顔」が多すぎて、本当にタイヘンなのだ。

そこには、いちいちこなすべき「タスク」があるし、自分の中の振り幅も広すぎて、心は振り回されるし頭は混乱するし、時間そのものも足りていない。なんでこんなにタイヘンなのだと思っていたのだが、考え方を変えれば、

女ってエンタメだ。

いろんな「顔」を、行き来できる。いろんな「角度」で、世界を見られる。日常の中でもそうだけど、人生という横軸の中の数年単位のスパンを使って、変身しながら自分の中の変化そのものをイチイチ楽しめる。

「混乱」よりも「退屈」が、私は嫌い。ならば「女」って、飽きがこなくて最高じゃん♡

「自分」に飽きたら、「人生」は一瞬にしてつまらないものになってしまう。だって何がどう転んだって、生きている限り「自分」は一生「自分」といる。

セカンドバージン、TOKYOライフ。次回は久しぶりに出掛けたクラブでの、レポートを。

Talk 18 セカンドバージン浦島太郎

―96800円度 ★★☆☆☆

さて、第1子妊娠から数えて、約7年が経過。それまでは〃クラブの住人〃のような夜型生活をおくってきた私だが、気づけば、完全なる朝型人間に。

深夜はオトナの時間。そう、子どもたちは寝ている時間。だから母親となった私も彼らと共に、もう何年も、来る夜も来る夜も、ぬくぬく爆睡し続けていた（癒）。

10代から10年以上遊び尽くした結果として、クラブという箱や夜遊びそのものにも飽きていたので、正直なところ、今年に入るまであまり外に出たいとも思わなかった。

そしてこれは、母親のみに限られたはなしではない。「限られた体力の中で、遊びたい気持ちを左に、果たすべき責任（仕事／育児）を右に天秤にかけると、0・1秒で右にドカンと針が振り切れて終了」という流れから、夜遊びは滅多にしなくなったという女友達は多い。

20歳の時より落ちた体力と、増した責任の結果。――なんて言うと「大人になってしまった感」が残念なにおいと共に漂うが、そんな私たちの年齢による生活変化についてきたのは、実は、「時代」の方であった（笑）。

ギャルからオトナになった私たちをまるで応援するかのようなタイミングで、早寝早起き、化粧品も食べ物もオーガニック的な生活こそが〝トレンドイン〟な風潮に（ナイス）。「昨夜はＤＪ××で踊りにａｇｅＨａへ」的なmixi日記から、サラダとパンケーキの「ＧＭ（※グッモーニン）」インスタの方が〝リア充効果〟の高い世の中に（グレイト）。

読者の年齢によって多少の誤差はあるとは思うが、30代の私たちは基本的に、時代に味方されているとすごく思う。女子高生ブームの時には女子高生でアムラーを堪能することもでき、２０００年代の夜遊び期には不景気とはいえライフスタイル的にはバブリーが〝イン〟で、〝アラサーでも可愛い〟が許されまくる恩恵も受けてギリギリまでブリブリし、そして今、年齢的にはもちろん体力と責任両方の面からもオトナになったら、今度は、シンプルなオーガニックライフをおくるオシャレな成人女性こそ〝ワールドスタンダード〟みたいな時代キタ。

もちろんすべては、下の世代と比べて人数が多く、購買意欲もある私たちの層にマーケットを定めるビジネスプランが多い故のことだが、ソレ非常にラッキーだ。だって、なんだかいつも、私たちこそが時代の主役みたいな気分にさせてもらえるっ！（抜けぬギャル思考）。

しかし、育児と仕事の往復を一生懸命にこなし、毎朝早く起きて仕事前のブラックコーヒーをインスタにかましているだけでは、飽きてくる（#ここからはワタシのはなし）。そして、何よりも書くための〝ネタ〟が尽きてくる。

皆は、どうなんだろう？　２０１４年末のベロアに続き、夏にはルバロン、そして代官山Ａｉｒまで閉店するという悲報は、夜遊びがトレンドアウトとなった証拠なのだろうか。でも、青山周辺には新しいクラブが続々とオープンしているというウワサも耳には入っていて、なんだか凄く、ナイトシーンが気になっている。

春には、長男が小学生になる。時代は、確実に流れている（大袈裟）。育児方面に体力的な余裕が生まれてきたこともあり、固定されていてビクリとも動かなかった天秤の針が、やっと別方向にも揺れ始める。

セカンドバージン、浦島太郎。竜宮城からの深夜限定の脱出を試み、ＴＯＫＹＯの下界に睨みを利かす（超大袈裟）。

10:30pm

珍しく子守りのバトンタッチに成功した私は、派手めに着飾り、こっそり静かに、自宅のドアを押し開ける。あくまでも〝仕事〟として、パーリーピーポーを〝取材〟するためという設定での……〝脱出〟。

10:31pm

エレベーターを降りた頃には、〝つか、仕事って、なんてイチイチ便利な言い訳なんだ〟と、笑いを噛み殺すのに必死なくらい愉快な気持ちに（笑）。なんせ、20代の頃に夜遊びしていたメンバーで夜に集まるのは、とてつもなく久しぶり！　運転手さんに行き先を伝える5秒前まで、自分が何処に行くのか確認していなかったが、グループLINEにきていた食べログのURLをタップすると、青山のバーが表示された。

0:14am

バーを出て、みんなで青山通りを歩いている。向かう先は、9月にできたばかりだというクラブ、FAME。ほろ酔い状態の女友達が「ねぇ」と後ろから肩を叩いてくる。「なに」と聞くより先に、

「リリ、ラッパーになりなよ」。

私「な、なんなの、いきなり（笑）」

女友達「だって向いてるもん。なりなよ！（酔）」

私「スキルがないから来世は目指す！　てか、30代半ばで、しかも夫と籍を抜いたこのタイミングで、いきなりラッパーに転向したら〝迷走〟の極みだと思われるわ（笑）！」
女友達「ねぇ、リリ、ラッパーになりなよ！（酔）」
私「いや、だからっ——」〈ここから先、エンドレスリピート〉
　意味の分からない会話に、既に、笑いが止まらない。深夜に女友達と並んで道を歩いている、というだけでこんなにも楽しいなんて、箸が転がっただけで笑ってしまうという10歳前後の女子のよう（笑）。

0:23am

　笑い続ける私たちはフラフラとした足取りで、ゾロゾロと階段をあがっていく。男友達が主催するパーティだったので、2階の奥の部屋には顔なじみがズラリと並ぶ。髪も服も靴もすべてがいちいちオールブラックすぎて、暗闇の中じゃ見えないくらいのデスメタル系、じゃなかったアパレル業界のオシャレな男たち。今更男女も何もない男友達が主だったが、その夜は彼らのツレも大勢いた。
　アーティストにクリエーター、ブッ飛ぶくらいの美男揃いの、全員年下。絶え間なく運び込まれ続けるショットは、激甘イエーガー。フロアの爆音以上のボリュームで解き放たれるのは、私たちの高笑い（笑）。

2:08am

下に踊りに行ったり上で飲んだりを何度か繰り返しながらも、終始笑いが止まらないハッピードランカーな私に、ふたり組の美男が言う。

「年上の女性って、ほんとうに素敵ですよね」

「え、なにここ、ホスト？（笑）」

一気にテンションがブチ上がったことを隠すためにあえて語尾に（笑）をつけ、余裕を持ったオトナぶる（笑）。

「いや、これはマジです。結婚に焦ってるくせに上から目線の20代の若いコとか、俺らと同世代のコたちですけど、ほんっと面倒くさいっすよ」

彼らの的確な意見が、かなりのリアリティをもって、私を喜ばせる（笑）。が、「若いカワイイ女の子、好きなくせに、よく言うよ〜」という定型文をヒカリの速さで打ち返す。

このやり取り、まるで、テニス。てか、なにこの、茶番（笑）とか思いながらも喜んでいたら、

「酸いも甘いも経験している女性の方が、俺からしたら最高に可愛いですよ」

か、可愛い……!? 滅多に言われないその形容詞に不意打ちにハートを掴まれた私を他所に、「それな、それな。マジそれな」と、もうひとりの美男まで深く頷いている。

しまいには、

「子どもを産んで体型が崩れてることを気にしてる年上の女性とか、たまらなく可愛いよな〜。若いコが自信満々にバーンと服脱ぐより、恥ずかしそうな横顔とか、ずっとグッとソソるのな」

なにそのリアルな描写（笑）。てか、私が経産婦だと分かるのか。もしそうなら、何故分かる（苦笑）。もしや、崩れたライン、服着ていても隠せていないのか（笑）。

もはや、頭の中の言葉からも語尾の（笑）が外れないくらいシニカルで、どこを切っても可愛くない私だが、美男ふたりに褒められて気分は最高。

「そういう男性意見、ミヤネ屋とかでもっと特集すべき！　若いギャル以外は全員おばちゃん、みたいになってるんだから！　あなたたちに出演して言ってほしい」などという〝今ここでミヤネ屋かよ〟的な台詞を吐いてから、〝あ、いいや、私が書く〟と自己完結。ネタゲットに私は更に浮かれ、イエーガーショットを体内に追加。

あぁ、深夜を生きる若い男というのは、なんて口が上手いのだ。最高だ。もっと言え！（笑）。なんて思いながらも、彼らの〝年上の女論〟は冷静に理解。責任をとらずに関係を持つには、年上の自立した女の方が彼らにとってもずっと都合が良いわけだ。でも、まさにソレをピンポイントで求めている、多忙なバリキャリ女やシングルマザーや、もっと言えば人妻だってごまんといるし、私が思っていた以上に、世の中はうまくまわるようにできていそう。

(月に20万の生活費を渡してくれる男なんていらないから、月2のホットなセックスが欲しい、と切望するアラサー／アラフォー女は〝昼間のお茶の間テレビ〟が認識している以上に多数存在する)

ほろ酔い状態でヒトゴトのように考えていたら、最後に予想していなかった台詞が飛んできた。

「3人で、行きます?」「何処に」「ホテル」「え、嘘でしょ(笑)。いや、3人で、っていうのもなかなか凄いし、うん、その台詞だけで私は満足。とてもいい!(ネタ的にも)。だから、ありがとう!」「え(笑)」。

3:12am

やはり「リアルバージン」では対応不可とも言えるTOKYOナイトシーンを、私たちは上機嫌で後にした(笑)。「なんか今日、異常に楽しくなかった?」、「あいつら目の保養すぎ」と、ギャル時代から抜けぬ〝上から目線〟でわめいていた朝方3時の私たちはまだ、知らなかった。

翌日、パーティを主催した男友達から、グループLINEに1枚の写メが、届くことになることを……。

そこに映っていたのは、ハメを外しすぎた女友達の淫らな——などではなく、全員が帰った朝の7時になってもVIP席にポツンと置き去りにされていたという、伝票だった（渋い）。

合計金額はなんと、19万6800円。

見た瞬間、吹いた。「ミネラルウォーター4800円て、誰だよ水ガブ飲みして休憩してたのw」などとLINE上で散々笑い合った後で、「で、この会計何人で割るの」というシビアな話に……。

ものすごく沢山いたはずの年下美男たちは、何故か頭数からは消えていた（笑）。いつもの男友達と私たちで割ることになった結果、クラブのVIPでの数時間は、無料ホストどころか、1時間1万超えの高級クラブ化（笑）。

「ねぇ、ちょっと前までうちらこういうの無料じゃなかった？」と、この時になって初めて、オンナ浦島太郎たちは、過ぎた時間を痛感したのだった。しかし、そのまた次の瞬間には、何故か上機嫌で、爆笑。これはまさに、払える金を持っている自分を含めて丸ごとアソビに酔う、という高級クラブ通いのおっさんメンタルだ（涙）。

でも、これでいい。きちんと自分で金を払い、後でトラブりそうな無駄なセックスもせず、自己責任で深夜を満喫。これこそが、オトナだからこそのセカンドバージン期の、とても正しい遊び方な気しかしない（ほんとうか？）。

そのような阿呆な入金を無事に済ませた頃、息子の保育園で浦島太郎の劇をやるという発表があった。主役の太郎役が人気でジャンケンになるかもしれないというウワサの中、私は息子にどの役がやりたいのか聞いてみた。すると、

「オレ？　カメ」

即答だった（笑）。あまりにも可愛すぎて、気づけば私はまた、声を出して笑っていた。育児と夜遊び。深夜と昼間の、笑いの振り幅。

笑うことが、何よりいい。毎日がまた楽しい。

Talk 19 「おばちゃん問題」の解決方法

SO WHAT?度 ★★★★★

MILFというアメリカのスラングをご存じですか？

読みは、ウルフみたいに、ミルフ。マザー・アイド・ライク・トゥ・ファックの略で、和訳すると、是非ヤらせていただきたいソソるマザー（笑）。そんなん言われたら、アガりますよね。母親でも女としての魅力を感じていただける、こんな素敵な時代に、大切な質問があります。

あなたは自分のことを「おばちゃん」と呼んだことがありますか？

私は、あります。保育園のお友達（当時5歳）に「それ私がやってあげるから貸してごらん」という意思を伝えたいと思った時に、自分のことを、○○くんママ（息子の名）と呼ぶか、○○ちゃんママ（娘の名）と呼ぶかで1秒迷った後で（ふたりともいたので）、気づいたら「おばちゃんに貸して！」と言っていました。

一瞬の間が空くこともなく、誰のことを言っているのか相手に通じました（笑）。おお！　と思ったので、その瞬間のことはよく覚えています。何故なら、人生で初めて自分を「おばちゃん」と呼び、ボケもフォローもなしに、スムーズに会話が成立したのですから。

いくら相手が子どもでも、いや、相手が子どもだからこそ、「おばちゃん」という言葉と発した人間とのあいだに違和感を持てば、「おばちゃんだって〜」とケラケラ笑います。そのようなツッコミは、入らなかった（笑）。

はい。その日は私の「おばちゃん」記念日。

そりゃ別に嬉しくはないけれど、実はちょっとした達成感があった。10代の頃から、自分より世代が上の女性たちを観察する中で、将来コレはしないリストをつくる癖がある。自分がその年代になってからでは見えないことって、多いから。世代が違うからこそ、客観視できるのだ。で、その中のひとつにコレがあった。

意地でも自分のことを「おばちゃん」と呼べないババアになってはいかん。

その人がどんなに年齢より若く見えようが、いい女だろうがそんなことは関係なく、「私は決しておばちゃんなんかじゃない!!」という種類の頑固さが見えると一気に、面倒くさいババア臭が吹き出すという皮肉。

その法則を発見するきっかけとなったシーンも、子ども相手の会話だった。自分のことを何と呼ぼうか迷っていることがバレバレな数秒間の沈黙を経て、「オネェサンのところにおいで〜」と言った熟女の周りに漂ったのはやはり、圧倒的な違和感だった。少し、ムリがあるのを当時20歳くらいだった私が感じたのと同時に、ワンテンポ遅れながらもハッとした様子で彼女のもとに歩いていった子どもの横顔を見たのだ。少し、引きつりながらも子どもらしい笑顔を一生懸命につくりだしているまだ幼い頬が、そこにはあった。自分自身の中にある「おばちゃん問題」のせいで、まだ10歳にも満たない幼児にまで、気を、使わせてはいけない（涙笑）。

実年齢よりも若く見える美しい熟女ほど、このようなシーンにおいてはサクッと「おばちゃん」を自称すべし！　すると、清々しさが香るのだ。その香りに名をつけるとしたら、クリーンランドリー。その場が、本人が、加齢臭とは対極にあるフレッシュオーラに包まれるその素敵な瞬間、皆様にも想像していただけるだろうか。

オトナたるもの、言葉のコスパを読み間違えてはいけない。逆に損。

だって、三十を超えた女が、子どもにおばちゃんだと思われるのは、極めて自然なこと。けっこう昔のことになるが、どうか思い出してほしい、自分の年齢が一桁だった頃のことを。

友達のお母さんは全員「おばちゃん」だと思っていなかっただろうか。もちろん、いろんな人がいた。綺麗なおばちゃん。優しいおばちゃん。怖いおばちゃん。共通点は、全員おばちゃん。そこに、悪意などあるわけがない。あるのは、事実だけだった（笑泣）。

ティーン時代を思い出してみても、20代＝オトナの女で、それ以降は保護者世代。つまりは〝PTA認識〟だった（笑）。自分もそうだったわけだから、現在進行形のKIDSやJKにBBAだと思われても、別に痛くも痒くもない。「うん、だよね。君らから見たら、だよね」という感じで、腹なんか立たない。

SO WHAT？　ダカラ何？　という感じ。

そう言い切った私に、同年代の女友達は吐き捨てるようにホンネを言った。

「流石、子持ちは余裕があるな（苦笑）」

あぁ、と私は静かに思った。確かにそれも、あるかもしれない。もう子どもも産んだしおばちゃんって呼ばれたってどうでもいいや、という感覚があるということではなくて、育児をとおして、「おねえさん」や「おばちゃん」も、「乳児」や「幼児」のようなただの名称だと気づいたという意味で。

赤ちゃんは「乳児」から「幼児」へと、自己認識なしに呼び名が変わる。想像してほしい。「僕のことを幼児って呼ぶな!!! 僕は永遠に乳児だ!! 心は乳児だ!!」と泣きわめいている幼児がいたとしたら、あなたはなんて声をかけるだろう。私ならこう言う。

「別に何も変わらないんだから、気にするだけ感情のムダ使い。何と呼ばれようが、マジでなんにも変わらないから。君は君。それこそ永遠に、君の素敵なところは君のもの。肩の力、抜けよ♡」

「いや、だから、その肝心な肩の力を、抜けないんだってば、こっちは!!」

と既出の女友達は反論した。「おばちゃん」という言葉には呪いのような力があると、彼女は言う。一度口にするたびに、何かが損なわれるのを感じる、と。

確かに、ことあるたびに「もうおばちゃんだから」とイチイチ「おばちゃん」を連呼する自称ババアもまた面倒くさい。「そんなことないよ〜全然見えないし!」という〝定型文+つくり笑い〟セットなフォローを仕方なく何度か繰り返してあげているうちに、「もうぅちらおばちゃんだからね!」と自分まで巻き込まれるのがオチだ。はい、何よりも迷惑なのは、ソレなのだ。

この手の「おばちゃん台詞」の罪は、未来への可能性や希望、ヒカリの遮断。

でも、これ、実は今に始まったことじゃない。「まだ子どもだから」、「まだ未成年なてこれからも、私たちはこのような台詞にブレーキを踏むよう促される。これまでも、そしてこれからも、私たちはこのような台詞にブレーキを踏むよう促される。でも他人のそんな言葉に対して「子どもだから、未成年だから、未熟だから、おばちゃんだから、おばあちゃんだから、なんだっていうの？　私は私だし」と、自分さえ動じなければ、己の精神はいつだって自由。

他人に「おねえさん」と呼ばれようが「おばちゃん」と呼ばれようが、自分が持つ可能性に制限をかけることができるのは自分のみ（そういう意味では「おばちゃん」の自称を日常的に使うことはやめた方がよい。言葉は魔法のような作用があるため、口に出して言い続ければ、確実に老け込む。「おばちゃん」の自称は、ここぞ、という時の限定的なピンポイント使いがオススメだ）。

これはさきほどの〝幼児にかけたい言葉〟にも通じることなのだが、今年、確信したことがひとつある。私にとってそれは、大発見だった。言葉にすると当たり前のことのようだけど、実感し、痛感し、確信したのは初めてだった。

年齢を重ねても、自分の本質的な部分は、まったく変わらない。

10代20代の頃の私は、期待を込めて、「おばちゃん」になれば、自分は変わるんじゃないかと思っていたのだ。良くも悪くも、女の過激な部分がどんどん枯れてくれて、角がとれて丸くなることで、もっと穏やかでもっと慎ましく、もっと多くの人に愛されやすい人間になれるのではないか、と。いくら私でも、さすがに「おばあちゃん」になる頃には、非常に可愛らしく、誰から見ても微笑ましい、ラバブルな（LOVABLE：愛される）存在になっているに違いない、と。

でも、結婚妊娠出産を経ても変わらなかったわけなのだから、「おばあちゃん」はおろか「おばあちゃん」と呼ばれる年齢になったって私は、きっと、私のままだ。その事実を体感したことは、私にとって大きな出来事だった。

子どもの頃に「おばちゃん」に対してそうしたように、私たちは「おばあちゃん」を、自分とは別の世界に住む人々だと思い込んでいる節がある。が、それは違うのだ。自分は自分のまま、乳児、幼児、少女、女、熟女、老女へと名称のみが変わってゆくだけなのだ。

確信した。私は、世間が老人に求めるピースな雰囲気に誰よりも退屈し、老女らしくしろと怒られたら舌打ちし、精神的刺激物に飢えて老人ホームを脱出するタイプのバアサンになるに、違いない。

ヤダそんな激しいバアサン、とずっと思っていたのだが、いろいろと考えた結果、私は自分を受け入れることにした。こう思ったのだ。

でも、そんなバアサンはバアサンで、けっこうラバブルじゃね？　と。うん、80代になっても心の中の声は、青春時代のスラングを引きずっているに違いない。いや、私のことだから、絶対に口に出して言っている。

でもそれもきっと大丈夫。ギャル語＝おばあちゃん世代の言葉として、次世代もあたたかく受け入れてくれていることだろう。そこまでいけば、言葉使いが悪い云々のレベルではなく、方言みたいなものとして定着しているはず。学芸会でやる劇で祖母や祖父役になった未来の子どもたちはきっと、「ていうか、マジで」という老人台詞を頑張って暗記するのだ。

想像するだけで、笑える。それって、楽しみだということ。つまりは、希望。ならば、未来は明るい。幸せの方程式は、いつだってそれっくらいシンプルだ（本当か⁉）。

ドキドキワクワクすることが好きだ。死ぬ瞬間まで、来世の可能性と希望にアドレナリンを噴火させていたい。そのような状態では死ねないかと思いきや、死んだ直後には即成仏できるくらい、悔いのない生き方がしたい。

なんて言うと、ワガママだと思われるのかな。では、「まだ××だから」と「もう××だから」という台詞の嵐の中でブレーキを踏み続けることが、正しい人生なのだろうか。もしかして、みんなそう思っているから、思い込まされているから、それらの台詞の抜け穴である「青春時代」だけが、自由の象徴として美化され続けているのかもしれない。

何度も言うけれど、青春なんて、ただのイントロ。年齢と共にいろんな発見を重ねることで、人生の魅力は増してゆく。過去の青春よりも、未来へのヒカリが眩しい方がずっといいに決まっているのに、世論はいつだって自虐的。

でも、それすら少しずつ良い方向に変わってきていることを感じている。

外見だけでなく、女性がいつまでも魅力的な存在として認められる世界になってきている。だから将来的にはきっと、GILFというスラングができることでしょう。是非ヤらせていただきたい、ソソるグランドマザー。そんなん言われたら、老女時代に突入した私たち、絶対ブチアガる（笑）。

未来って未知で、それこそが、過去より未来が、素敵な理由。

それ故の不安や悩みなんて誰にだってあるし、それこそ永遠に尽きないものなのだから、一年最後の瞬間くらいはそこに蓋をして、2016年を、真新しい年を、ワクワクしながら迎えましょう。

敬愛なる読者の皆様、クリーンランドリーのようなフレッシュな香りに包まれた、素晴らしい新年を。そして、正月に集まった親戚のガキに「おばちゃんお年玉ありがとう」と言われたら、ニコリと微笑むこと、お互い、決して、忘れずに（笑）。

Talk 20　理想的な家族

ユートピア度　★★★☆☆

果たせなかった恋人たちの約束が、もし目に見えるかたちで固形化したら、地球からあふれ出ると思う……。って、新年早々、ポエマーな私です。やはり、そこも含めて変わらないですよね、年が明けたところで、いろいろと（苦笑）。

「進歩のない関係に、２０１５年のうちにケリをつけて２０１６年をスッキリ迎えようと思ってたのに、また懲りずに思わせぶりされて未だに〝カレシ未満元カレ以上〟のあいつと毎日連絡取ってるし、なにこのデジャブ！」

「今年こそ絶対に結婚したくて、年間占い特集ばっかり読んでるんだけど、気づけばそれ、去年の1月にやってたこととまったく同じなんだよね。出会い系アプリに登録しようと思ったんだけど、私ってほら、ムダに芸能人だからその手も使えないし、クソッ!!」

周りからもやはり、新しい年になったからといって、特に別に何も変わらない……というリアルな声は多い（笑）。というか、まだ1月だし、考えてみれば当たり前。大晦日に年越し蕎麦を食べて寝て、元旦に起きてモチを食えばすべてのトラブルが解決するんだったら、人生カルい（笑）。

でも、そうとは分かってはいても、空気が、気の流れが、運勢が、もっと言えば運命が、四桁の年号のラストナンバーチェンジと共に素晴らしい方向へと、一気にシフトチェンジすることを期待してしまうことってある。

2015年にわりとハードな一年を過ごした私などは、特にそうだった。5、4、3、2、1、はい、すべてがフレッシュな年だよ、おめでとうー!! そんな受け身なカウントダウンを、心のどこかで熱望していた。

忘れてた。

家族が集まる正月こそ、前年の自分と、否、自分は社会の中で生きているという事実と、嫌でも向き合わされるということを。

「今年90歳になるおばあちゃんが〝来年はこの世にいるか分からない〟という台詞の後でぼそっと投げかけてきた〝結婚はしないのかい？〟という優しい声が胸に突き刺さって、今年40歳になる私が即死しかけた」

「去年浮気して修羅場った夫が、素晴らしい夫兼イクメンな姿を家族の前で披露しているのを見て殺気しか覚えなかったけど、私は私で仮面をかぶって微笑み続けた正月だった。頬の筋肉がクソ疲れた」

「私の方が好きで好きでやっと取り付けた婚約だったのに、彼の方が私のことを追っていると大幅に勘違いした両親が、上から目線で彼をジャッジした上にディスり倒して、正月そうそう破談になった」等。

やはりまた、謹賀新年のハッピー感一色で統一されたインスタのタイムラインには映らない、シビアな〝家族アルアル〟が耳に入ってくる。

もちろん、フィルターいらずのピースな正月を過ごした方も多いだろう。実は、私もそのひとり。でも、だからこそブルーになる場面もあった。家族に優しくされることで心苦しくなる原因があるとしたら、自分。その胸の苦しさがまた自分を責めるという、息苦しいループにはまりかけた。

年末、人生初のギックリ腰をやった。子どもがいるのに、絶対安静。育児も家事もすべてパパに任せて、私はソファに、ベッドに座り続けた。私の実家でも、彼の実家でも、私はひたすら、ゆっくり、し続けた。

「大丈夫？」「頑張りすぎないでね」

そんなダメダメな私に、家族のみんながみんな、優しかった。体調が優れない時の人の優しさは、特に身に染みる。どちらの実家でも、夫婦としての籍を抜いたことについて、口に出して言うものもいなかった。結婚していた頃とまったく同じように、その事実すらみんなが包み込むようにして私たちを受け入れてくれた。

あたたかい家族の輪の中で、楽しそうに遊ぶ子どもたち。みんなの笑い声。お正月の、幸せな時間。感謝しかない穏やかな時間。ずっと大切にしてきたつもりだし、今でも同じようにとても大事に思っている私の家族が、全員ここにいる。

果たしきれなかった「約束」への罪悪感が、静かに、重くのしかかる。

家族からの期待と、それに応えたい気持ちはあっても、どうしてもその規定の線には沿えなかった自分。家族への愛にウソなど一ミリもないのに、何故か生まれるそのギャップに、その溝に、もうあえて挟まったまま何もかも忘れて寝込みたくなった。

でも、目をつぶるとまた、声がする。そんな風にひとりで勝手に孤独を深めている事実こそ、家族に対して失礼なのではないか。

嗚呼、もう、自分が、面倒くさい。この面倒くささが自分から消えれば、そしてこのままパパとよりを戻すことがもしできたなら、すべては上手くいくのかもしれないのに、「結婚」という名の私たちの関係に対して抱いた疑問は私の中で消えないし、納得がいかないものに身を浸すことができない自分の性格は、きっとこれからも変わらないし、変わりたくても変われないし、変わることが正解だともまた思っていない。

自分ってなんだ。家族ってなんだ。約束ってなんだ。

面倒くささの極みでもある〝哲学ループ〟がおっぱじまった私の脳内と、正月のお笑い特番を見ている家族とのテンションの差が、どこまでも広がりつづける。そうだ、そうだった。私は昔からこの正月のテレビが醸し出す独特の雰囲気が苦手だったのだ。そして、イエス。自分のそういうところが、いつだって輪を乱す（泣）。

本当はヘッドホンで耳を塞いで好きな音楽を聴きたかったけど、家族でテレビを見ている団らんの時間にいきなりヘッドホンしたら〝変人の極み〟だし、反抗期のティーンエイジャーでもあるまいし、私はオトナで2児の母だし、マジでいい加減にしろ、ちゃんとしろ!!（泣笑）。

自分に言い聞かせながらも手の中のiPhoneにこっそり逃げると、日本とは時差を持って新年を迎えたアメリカからFacebookにメッセージが届いていた。

Happy New Year! From Your American Family.

〝あなたのアメリカの家族より〟。そのタイミングにグッと胸を掴まれて、少し泣きそうになってしまった。今ともどこか似たような葛藤から、私は16歳の時にフロリダに単身留学した。そのメッセージは、2年間の留学のうちの最後の1年間、無料で、好意のみで、ずっと家に住まわせてくれた友達のお母さんからだった。

あの頃、あまりにも濃密すぎる家族という関係に煮詰まって、ティーンエイジャーだった私はジェット機でフッ飛ぶようにして家を出たのだった。喧嘩が絶えなかった最愛の母と海をまたいで距離を置き、毎日文通をするようにしてお互いの絆を見つめ直した10代の2年間。

私のことを誰も知らない土地に行き、そこで自分が愛される人間であるのかどうかをイチから試すこと。それが、集団との協調性が上手くとれないことで自信をなくしかけていた私の、最大にして唯一の留学目的だった。

もちろん大変なこともあったけれど、見ず知らずの日本人の女子高生だった私のことを〝Family〟としてあたたかく迎え入れてくれた人たちとの出会いがそこにはあった。

他人に愛されたくって留学した私が学んだことは、互いの違いを受け入れて他人を愛する、ということだった。

そんなことを思い出しながら、10代の頃に散々母と取っ組み合って共に転げ回ったダイニングの床を、懐かしい気持ちで私は眺めた（激しい）。

「なんでイチイチ気が狂ったかのように心配するのよ!! お母さん、お願いだからもっとフツウになって!! ○○ちゃんのお母さんみたいに、肝っ玉母さんになってよ!!

そこまではできないとしても、もっとフツゥにして!!」

10代の頃に母親へと放った自分の言葉が、自分自身へと返ってくる。

「あなた、私に、自分とは違う人間になれっていうの？　そんなの無理よ」

そう言われた当時、私はハッとした。納得しかけてから、その倍ムッとした。でも、その喧嘩から20年が経って、その時の母の言葉が、他のどんな言葉よりも今の私を救うのだった。

母親に理想を押し付けまくっていたのは、私の方だったのだ。

フツゥってなんだろう。

私が憧れてまくっていたフツゥっていうのはたとえば、いつも優しくて夫婦喧嘩なんかしないお母さんとお父さん。兄弟喧嘩しながらも仲良しな元気いっぱいの子どもたち。お父さんもお母さんも浮気なんかは論外で絶対にしないし、時々お互いと〝舌を入れないキス〟くらいはしてもいいけれど、気持ち悪いセックスなんかもちろんしない、清く正しいひとたち。

――はい。子ども目線でつくりあげた理想のナンセンス。そんな幻想に、親となった自分自身が未だに縛られていることに気づいてしまう。大切な子どもたちにとってのベストを与えたいと思えば思うほど、自分が子どもだった頃に親に求めていた理想像を、今度は無意識的にも自分自身に押し付けかけた。

でも、人生とは上手くできている。実際にオトナになり、親になった今の私を救ってくれるのは逆に、両親の、生まれ育った家族の〝完璧なんかじゃなかったところ〟だったりするのだから。

絵に描いたような〝フツウの幸せ〟みたいなものに離婚が含まれていないのだとしたら、私は子どもたちにそれを与えてあげられなかった。でも、いつか、私のダメなところが、あなたを救うことも、もしかしたらあるのかも。

そんな風にオトナ目線でつくりあげる勝手な言い訳と、過去の自分が子ども目線でつくりあげた〝理想的な家族〟という名のユートピア。それらの狭間で、家族と家族のあいだで、自分なりの正解を求めて、私は揺れる。だけど、家族のみんなに対して根本にある想いは、いつだってひとつ。

この人たちが、どうか、痛い思いや悲しい思いをすることなく、健康で幸せに毎日を暮らせますように。

正月に集まったこの家族だけじゃない。今までに出会って、血液の中にその成分が残るくらいの思い出をくれた人たち、みんなのことを大きく家族とくくって、そう願う。そして、みんなも同じ気持ちだと、勝手に思う。

「おばあちゃんが〝結婚〟という言葉を使って伝えているのは、私の幸せを願っているという気持ちだから、私も話しかけたんだ、心の中で、おばあちゃんの寝顔に。

心配しないで、私は楽しくやってるよって。あと、結婚はするか分からないけど、好きな人ができたから、上手くいくように祈っててねって。いつもありがとうって」

「愛情故に心配してくれているのは分かるけど、〝大事な娘をお前にはやらん〟テンションの時期は過ぎたってこと、両親に泣きながら話したの。私はもう30をとうに過ぎたオトナで、結婚の了解を得るというよりは、この人と一緒になりますという報告のつもりだったって。もっと私をひとりのオトナとして信頼してほしいってお願いした。でも、たったそれだけのことで破談になった彼とは、縁がなかった何よりの証拠。前を向く！」

果たせなかった「約束」のダメージは、いつだって後を引く……。

だけど、俯いて涙をポタポタと地面に落としても、また顔をあげるところまで自力でなんとか持っていけさえすれば、きっと運気も後からついてくる。空を見あげて、口角あげて、歩いていこう！

2016年。少しずつゆるやかに、私たちの新しい年が動き出す。

Talk 21　東京ラブストーリー

リカ度　★★★★★

「カーンチッ！　セックスしよう！」

まだ性的な関係を持っていない好きな男にブン投げるセリフとして、これを超えるパンチライン、あるだろうか。

――ない。帰国子女リカ、半端ない。

ド・ストレートすぎて激レアなリカのパンチはもちろん、わりと平均的な日本人男子カンチのみぞおちを直撃したが、最終的にはカンチはやはり、フツウにとても素晴らしい女性さとみと結婚。

この衝撃的かつ極めてリアリティのある結末に、〝全国のリカ〟が泣いた。当時まだ小学生だった私ですら、死んだ（笑）。

恋愛と呼べるような恋など未体験な頃から、それでも既に肌で感じるものだ。クラスで一番男子に人気がある女子は、リカではなくさとみタイプであることを。そして、自分自身はどう考えてもさとみの器からはナニカが大幅にはみ出している側の女子であり、統計学的に自分は、万人ウケするモテタイプではない、という現実を。

人は、恋を知る前の段階から、自分のポジションを、地味に悟る。そこにキタこのモンスター月9のまさかの結末は私にとって、ひとつの大きな「フツウ」に対するコンプレックスの芽生えであった。

高みを目指さないタイプであれば30歳を過ぎてファッション誌など手に取りもしないはずなので、ここはあえて言い切らせていただくが、私たちはいつだって平均以上のナニカを追い求めている。

フツウ以上の可愛さに、オシャレさに、スタイルの良さ……。フツウ以上のステイタスや経済力……。それなのに同時に、〝フツウ〟の枠から大幅にはみ出してしまうことを、恐れている。

「私ってヤバイっしょ♡」って顔して自撮りをかますオーバー30。そんな無茶な自信がある一方で、「あいつヤバイっしょ……」と言われればグラリと凹む、二重構造スタイルだ。

非常に面倒くさいが、誰だって、時にはナイーブ（笑）。

どんなにハミ出してみた気になったところで、私たちは同じひとつの社会の中で生きている。日本社会は特に、その場の「平均」に自分を合わせることができる協調性に重きを置く。

その窮屈さこそ、私が早く「オトナ」になりたかった理由、第1位だった。求めていたのは、「背の順に並んで前ならえ」という、よくよく考えてみるとけっこうハードめな〝集団プレイ〟が連打される「学校」というワールドからの解放。

そして、「あなたに何かがあったら親が責任を問われるのよ。それに、学費も食費もすべて親が支払うことであなたは生活している。そのあいだは、親の言うことを聞く義務がある」という〝THE正論〟を前に黙るしかない「子ども」というポジションからの脱皮。

で、遂にクリア！　20代で「オトナの自由」を手に入れたつもりだった。親から経済的に完全に自立して、幼稚園からカウントすると気が遠くなるほど長く感じた「学生」という立場も、満了した。

っしゃ!!　これで何があったとしても逮捕されるのは親ではなく、私だ（喜）！

自己責任最高。

法律さえ守っていれば、あとは何をしたって私の勝手だぜ、イエイ！　20代の頃の私は、心からそう、思っていた（笑）。

——なんて言いながら、私が守ったのは法律どころじゃなかったのだ。30歳になるまでに、キャリアも結婚も二度の出産も、すべてをダッシュで駆け抜けた。今思うと、その少し異常とも言えるハイスピード感も、実は私の「フツウの道からそれたくない気持ち」の強さと、関係があるんじゃないかと思っている。

そして、独身貴族的なブッ飛んだ自由を謳歌する権利を手にしていた〝たったの8年間〟を経て、28歳で人の親となり、私はここでまた「社会」と向き合うことになる。もちろん分かってはいたことではあるのだが、全身で痛感！　子どもという立場とは比べものにならないくらい、「親」というポジションはヤバい。

ファックコンサバ！　とか言って中指立ててはいられないのが、人の親。自分が周りにヘンな人だと思われることが、ストレートに自分の子どもに迷惑をかけるかもしれぬリスク。子どもが大切で仕方がない気持ちと比例して、それはひとつの、恐怖にすらなる。守るべきものも果たすべき責任もありすぎて、もう、法律どころの騒ぎではない。

それらの中でも、私が守りたかったのは、パパとママがいるスタンダードな家族のカタチ。わりと強めに願ったけれど、やっぱり私には、それがどうしてもできなかった。

頭では、きっと誰よりも分かっている。これからは、フツウという枠自体が多様化してゆく時代だということ。人生の選択肢が増えることは、素晴らしいことでもある。後悔はないし、カゴの中から羽ばたく鳥かのような高揚感すらあるし、未来は楽しみ。だけど——。

オトナになった今、気づくのだ。子どもの頃は、敵は、外にいる自分とは違う意見の他人だと思っていた。違う。頭ではそう思わないのにもかかわらず、自分の身体の中に刷り込まれている〝こうでなくちゃいけない〟という価値観に、何よりも苦しめられるのだ。

「自分の中に住み着くフツウに呪われる感じ、すごく分かる」

女友達A（39）は深く頷いてから、こう続けた。

「でもね、とはいっても、リリは子どもがいるという時点で、私からしたらものすごく〝フツウ枠〟に入ってる。結婚して子どもを産んで離婚をする。そんなんユニークどころか、むしろアルアル。悪いけど、リリなんか、メジャーリーグの選手にしか見えんわ（笑）。

結婚していて子どもがいない状況って、いる人には分からないくらい〝フツウじゃない目〟で見られるの。何か特別な理由がなければ、そんなことフツゥはあり得ない、みたいな。フツウ派のその勢いには、逆にこっちがビックリするわ（笑）。

でもまぁ、夫婦仲は良いし今の生活にも満足してるから、いちいちそんな目に傷ついたりはしないのよ。何が苦しいかっていうと、やっぱり自分の中にある刷り込み……。葛藤しているってほどじゃないし、もうこのまま親にはならない人生なんだろうな、それもいいなって思っているのもホントウ。

でも、同年代の女性の出産ニュースを聞くたびに、ほんとうに子どもを持たない人生でいいのか？　っていう自問自答が脳内で炸裂する。ま、そこで熱望したところで授かるかどうかは分からないわけだから、欲しい気持ちには既にブレーキがかかっている状態なの。だから炸裂といってもバチバチ燃えるタイプじゃなくて、低温火傷的なヤツなんだけどね」

高温ではなく、低温。

それもまた、オトナアルアルだ。基本的には、いつも、わりと、冷静なのだ。どんなにテンパっている時でも、〝今、私は××だから○○と思って泣いているけれど、その理由は▲▲だから、しばらくすればまた平常心に戻れるパターンだコレ……〟などと、自分を客観的に分析することができる。号泣と同時にソレができるって、なかなか高度なスキルである（オトナやべぇ）。

「結婚願望がないわけでは決してないのに、謎に独身なところがフツウではない」と自己分析する女友達B（35）は、こう言った。

「今までプロポーズしてくれたカレシがふたりいて、好きだったし、どちらも条件的に悪くもなく、フツウだったらどちらかと結婚していたんだろうけど、私は今も謎に独身。

常に恋愛はしているけど、今の相手ともどうせ結婚には至らないんだろうなと思うし。ってことは、つまりはいつか別れるってことだから、じゃあもう逆にセフレでいいんじゃないかと思っている自分」についての考えをたったヒトコトで発表した。

「私って、ただのドスケベだわ」

不意打ちのパンチラインに、横ッ面を引っ叩かれたような気分だった。だって、「そんなん言うなら、私もだわ……」「っ!!」。悟りをひらいたような顔をして互いを1秒間見つめ合った後で、どちらからともなくブッと吹き出した。

笑いながらも、Bは繰り返す。「結婚すべきだという刷り込みが私の願望をつくっただけで、ホントウの私は、ただのドスケベだ」と。それ、冒頭のカンチへのリカの台詞にも通じている。あえて平たく言ってしまえば、人間の動物的本能ってヤツだ。

動物vs.人間

見つけた。私たちの終わりなきフツウとの闘いのバックステージで、戦っているのはコイツラだ。「なんで男と女が愛し合っているのに子どもをつくらないの?」という本能サイドの攻撃に、「男と女の恋愛期が過ぎても浮気ひとつせず家庭を守りなさいよ、人間なんだから」という理性サイドの攻撃。

これ、なかなかのカオスである。でも、誰もが自分の内側で、それらと戦っている。そして、個人の中の理性と本能のせめぎ合いが、それぞれのライフスタイルをつくっているとすら言える。

私たちは、日本がわりと「フツウの型」に収まっていた頃に子ども時代を過ごした世代。離婚率も低く、今よりずっと子沢山。だからこそ、あの頃の親と今の自分を比べた時に、良くも悪くもあらゆる面で大きな差がひらく。自分の中に住み着いた親たち世代のフツウが、ガラガラと音をたてて崩れはじめている変換期に、今をオトナとして生きている。

「そりゃあ、混乱して当然だわ」。AもBも私も、そう納得したことで、もがく自分を抱き締める。そして、やるべきことにそれぞれ気づく。

今ここですべきことは、どこまでいっても

「フッウ」という仮想敵に呪われる、自分からの脱皮。

時代は大きく、変わりつつある。出される給食をみんなでいっせいに「いただきます」して食べるところから、それぞれが自分たちのタイミングで、好きなものを選べるバイキングスタイルへ。

自由度があがる一方で、リスクはあがり、自己責任度も増す。格差もひらく。でもそんな中で最も忘れてはいけないのはコレ。今まさに流れてきているのは、他人と自分をいちいち比べていては、サバイバルできない時代だという事実。

自己責任の次のキーワードは、自家発電。

どんな状況でも、自分で自分をハッピーな状態へと導く自家発電力が、多様化する世界を生き抜くキモとなる。百パーセント自分を自分で幸せにして開花できるわけがないけれど、七分咲きくらいまでは自力でなんとか自分を咲かす。

何かを一生懸命に頑張っている横顔に、人は惚れるというように、自力で七分咲きした花はいつだって人を魅了する。そこを、私は目指していく。もちろん、「俺の手で咲かせたい／俺がアンハッピーなお前を幸せにしたい！」と、つぼみの状態の女に惚れる男も多いだろう。でも、つぼみの時期を過ぎたオトナの女が、水をくれる男をひたすら待っていれば、ただ枯れる。それに、私に関していえば、男の手オンリーで咲く程度の花なんかで、満足できるほど、無欲じゃない。

——先月、カンチと別れたリカのその後が、公開された。柴門ふみ先生が描き下ろした、50歳のリカとカンチとさとみの物語。ネタバレは避けるが、そこにあったのは、自力で咲くリカとさとみの美しさ。どんな道を選んでも、ハッピーの自家発電ができる女は逞しく明るく人生そのものをサバイブする。

そして、どちらの花も、未だにカンチを魅了する。

Talk 22　美しき不良

薔薇度　★★★★☆

不良が好きだ。――否、どんなに傷だらけであったとしても、そのハートのド真ん中はスレていない、まっとうな不良が好きだ。

いわゆる〝良い子〟ではいられないシビアな環境で育っていたり、大人が求める〝イイコ〟の枠には収まりきらない自我を持てあます性分だったり、と不良化した理由も不良の種類も様々だが、彼らの共通点は、してきた〝苦労〟故の〝早熟さ〟。

オトナと呼ばれる年齢になった今、早熟も何もないかと思いきや、実は大アリだ。10代の頃から早熟だった不良が年齢と共に経験を重ね、痛い目を見ることで反省したりしながら、カッコいいオトナになってゆく流れを〝美しき不良の生き様〟と呼ぶならば、その対極にあるのは〝幼きババアライフ〟。

先日、幸運なことに（？）、前者vs.後者のやり取りを目撃する機会に恵まれた。

女友達V（43）は、30代前半まで超がつくほどのパーティガールで、結婚願望も特になかったというが、クラブで出会った黒人男性と落ちた恋の威力のままに、結婚↓出産↓現在2児の母。結婚10周年を迎えた今も、時にはもちろんバトりながらも夫婦で会社を経営しているカッコいい姐さんだ。

この4月に長男が保育園から小学校へと進学するにあたり、仕事と育児の両立に不安を覚えていた私はその日、ママとしての大先輩でもあるVの事務所に遊びに行ったのだ。しかし、私の学童についての質問は、「あ～、そういうのはよく分かってなくても大丈夫だよ、私も未だによく分かんないけど、もうすぐ子ども、中学生だし」という貴重なアドバイスを持って即、終了。とても気楽で、非常にいい（笑）。

なんとなく肩の荷が下りたような気になった私がアハアハと笑っていると、Vに一本の電話が入った。「あ、ママ友だ、なんだろう」と首をかしげながらも、子どもにまつわることだったらアレだから出るね、という空気で一緒にいる私への気遣いも忘れないVが「もしも～し」と明るい声で電話に出る。

が、相手が話し出すとすぐに神妙な顔つきになり、しばらくVは相槌すら打たずに黙って話を聞いていた。何か子ども同士のトラブルがあったのだろうか、と関係のない私までソワソワし始めた頃、Vはたったのヒトコト、こう言った。否、言い放ったという方が正確な〝不良独特の〟声のトーンで、

「別に良くね⁉」

会話はその後1分も経たずに終了し、やれやれ、と電話を切ったVが、「ゴシップコールだったわ」と苦笑する。

今、〇〇ちゃんのママが学区内で男と何やら親しげに歩いているというリアルタイム通報だった、と聞いた私は一気に、未知なる小学校ライフに青ざめる。

な、なんなんだその、クッだらない報告は⁉　中2かッ⁉

そして、それを聞いたVの第一声にワンテンポ遅れて、テンションがあがる。よくぞ言ってくれた！

しかしVが流石なのは、その台詞で相手を一蹴した後で、今度は優しめの声で謎の通報をかましてきたママ友相手にこう続けていたことだ。

「子どもがかわいそう、とか言うけど、彼女いいママだし。私たちがここでウワサをする方が、どう考えたって子どもにも迷惑でしょう。それに、同僚かも親戚かも分からないし。もしそうじゃないとしたって、私たちにはまったく関係ないよね。てか、今、人といるんだ！　とりあえず、来週の××当番よろしくね〜ん♡　は〜い、じゃあね〜！　ではでは〜♡」

はい、パイセン、お上手です。ちょっとやっかいなタイプではあるが、今後も子ども絡みでつき合っていかざるを得ない相手への、完璧とも言える対応である。もう二度とそのような中2プレイをかまさないようにビシッとシメた後での、気まずくはならないための気遣いも忘れない。一方で、相手サイドの致命的なミスを思うと、それこそ私には関係がないのだが、勝手に呆れる。

ゴシップのネタを前に興奮してしまう、ある意味本能的な発作、みたいなものはまだ理解できるとしても……、

はい、痛恨の、人選ミス。

人を見る目がなさすぎる。Vがそのようなゴシップにノるタイプではないことを、何故見抜けないのだ。その人生経験値の低さが残念だし、他人に意地悪をしようとして失敗することほど、ダサいこともなかなかない……。

「そうそう。一緒になってワーワーやるタイプだと読み間違えられたことが一番心外だけど、まぁそれもどうでもいいかな」

と言うVは、この話のすべてをここで止める。ここで逆に、「あいつはゴシップコールをかますキケンでウザイ人物」だという悪口を、

「この前××さんからこんな電話がかかってきて、ちょっと不安になったなぁ。ほら、私って、けっこうウワサとか本気で嫌いなタイプだからさッ☆ それで今回はたまた

ま広まらなかったってだけで。今後、誤解とかで自分がされたらイヤだなぁって。だから、もし××さんからお互いのそういうのを聞いたら、教え合おッ☆」

みたいな台詞に変換して広めるヒトもまた、少なくはない。が、もちろんVはそんなヒマジンめいたことはしない。今回のゴシッパーの人選ミスは、そういう意味では結果的には己をも救ったのだ。

そんな〝子どものクラスにひとりは欲しいママ〟代表であるVに、今後のママ友アドバイスを聞いてみた。

今までの保育園では、私が20代の頃に書いた赤裸々セックストーク本を買ってくれた上に、子どもには聞こえないようにと小声で、しかしその熱い感想をくれるような器のデカいママ友たちに恵まれた。

それ故に、ママ友とのつき合いに関して、私はすっかり油断しすぎている。保育園入園当初に〝ＬｉＬｙという名前で活動していることは伏せておこう。エグめの記事を読まれたらハブられるのかもしれん〟と思っていたことなどスッカリ忘れて、今や完全に、素の自分丸出しなのだ。

小学校でもこのままのテンションでぶちかましたら、ついに子どもに迷惑がかかるかもしれない、という怯えが多少なりともやはりある。Vにたずねたかったのは、オトナだからこそのオブラートの必要性。しかし返ってきたのは、ドストレートなフックであった。

「そのままでもいいんじゃん？　ヘンにイキがる必要はないけど、ナメられたら終わりってのは、どの世界でも同じじっしょ！」

ナメられたら、終わり。

じ、事実である。シ、シビアである。しかし社会で生きるということは、多少なりともそういうこと、なのである。人間関係を上手くやりたいからといって、ヘンにへりくだる必要性は、確かにない。

泣くコも黙るヤンキールールは、どんな世界にだって、適応可能。

ただ、当然のことながら、30代の私たちには〝不良流のナメられない方法〟は不適応。いざという時の喧嘩に備えてジムに通う必要はないし、目が合ったという理由でメンチを切ったらヤバイヒトだし、パンチの効いたファッションをキメ込んだ全身でイチイチ風を切りながら会社説明会／保護者会などに出向いたら、ただの要注意人物だ（笑）。

では、オトナ社会において、どうやったらナメられないのか。その答えは、どういう時に人をナメるのか、を考えてみたらすぐに出た。

もちろん個人差はあると思うが私の場合は、あ、この人ツマラナイな、と思った瞬間がソレだ。話術にたけていなきゃダメとか、自分とは真逆の価値観を持っているとテンションが下がるからムリとか、そんなことではもちろんない。

ひとことで言うと、思考が停止している人。

ただただスカスカのスポンジのように世論を吸収し、表面的にはまっとうな台詞ばかりが口から出るが、実はなんの意見も持っていない人を私はとてもツマラナく感じる。

たとえば、子どもに英語教育をしたいという熱意はあっても、「そういう時代だから」という既に常識と化した理由以外はヒトツも持っていなかったりする人の中には、仕事で上司に不満があっても陰で悪口を言うだけで改善のための直談判などは絶対にしないタイプが多く、そのふたつに当てはまる人は「流行っている」という理由オンリーで大流行中のバッグを持っている確率が非常に高い。

自我が強すぎることは、この社会を生きにくくさせて人を時に不良化させるが、一方で、本人の意思をどこにも感じられない人からおもしろさを見いだすことは難しい。

良さげな世論を持論とする癖がある人の口から出る台詞は、ほとんどがどこかからのコピペ。たとえば「国際社会に英語はマスト」＝「自分の子にも英語を習わせる！」となった時点で思考停止するために、もう一歩踏み込んで考えることをしない。

これでは、オリジナルの意見は生まれない。

が、コレ、とても皮肉である。何故なら、言語なんてただのツールであり、使えたって肝心の中身＝自分の意見がなければまったく意味がないからだ。翻訳ツールが今よりも進化しまくる未来においては、尚のこと。

「まぁ、そういう人の方が道から外れることなく小金持ちになれた時代だったからね。それもまぁ、うちらの代くらいまでだと思うけど。長いものに巻かれる派のコンサバタイプは、中流階級に最も多いでしょ。ベンチャー系の超富裕層は、逆にフツウからは大きく逸れてブッ飛んでいる人が多いしね」

と、Vパイセンはまたもや的確なことを言う。そうなのだ。これまでは、なんとなくそうした方がよさそうだから〝私も私も〟と同じ流れにノる種の手口が、サバイバル術として有効だった。が、テレビという巨大なマスメディアがその圧倒的だった浸透力を失い、趣味嗜好の細分化が加速している今、〝私も私も〟は通用しなくなってきた。

リッチ層とマイルドヤンキー層の二極化がすすみ、これからはますます格差社会が広がると言われているが、ほんとうの意味の上質さがリッチ側に偏っているとも思えない理由もそこにある。

現在小金を掴むことができているコンサバ派のリスク回避のための〝私も私も〟よ

りも、不良の〝俺が俺が〟精神の方が活きる時代に変わりつつあるのを感じるからだ。俺オリジナルのナニカが必要ない仕事はすべて、ロボットが代行可能になるとまで言われている。——って、話を戻そう。

ナメられないオーラのつくり方。

必要なのは、無言でもにじみ出る、静かなる自信。他人に便乗するのではなく、自分の頭で考え、自分の言葉で話し、自ら行動し、その一連の流れが周囲に一目置かれて初めて、人は、あぁ自分やるじゃん！と思えるものだ。その積み重ねのみが、オーラに層をつくってゆく。

もうひとつ大切なのは、そのオーラの色が、暖色系でなくてはならないということ。

意地悪さこそ幼稚であり、優しさこそオトナっぽい。

コンビニで売られている花が好きだ。特に、薔薇はたまらない。高級とは呼べぬ場所で咲く花の、その凛とした姿は私の中で、不良の魅力と重なるからだ。

回避するどころかリスクを負って生きてきた過程で何度も失敗を繰り返し、自分のハートに傷をつくりまくって生きてきた人間というのは、タフ故にとても、優しいものだ。

そう、フツウに憧れすぎて呪われては苦しんでいる一方で、私が惹き付けられるのはいつだって、フツウなんかではない人たちなのだ。

4月。

どんな場所でも、たとえひとりぼっちでも、気高く咲ける花であれ！

Talk 23　きっと、大丈夫

でも、まず珈琲度　★★★☆☆

「結婚4年目にして、初めての家出。真夜中に女友達の家に逃げ込んでリビングに入ったら、テレビにリリが映ってた」

今年の初めに、女友達M（36）から数ヵ月ぶりに連絡がきた。審査員として出演中の『フリースタイルダンジョン』（テレビ朝日系）を観てくれたらしい。

Mとは、約10年前に知り合った。すぐに意気投合し、飲み屋やカラオケやクラブでよく一緒に遊んでいた。

共通点は、大の音好き。

MはROCKで、私がHIPHOP。当時のMは赤髪ボブで、私は茶髪ロング。「スタイルは違う私たち」という自負（20代ならではの……）があった気がする。が、その頃のプリクラを今見てみると、音楽ジャンルの差なんぞはイマイチ読み取れないくらいに、私たちはとにもかくにもイケイケな20代ギャルであった（笑）。（中指を立てたり舌を出したりウィンクしたりして、爆笑している……）。

その直後に、私たちはそれぞれ、結婚。

新しい環境の中での生活に忙しく、気づけば、夜な夜な遊んでいた時期は、過去の青春の思い出となっていた。夫の地元へと引っ越したMは特に、結婚を機に仕事も東京も手放して彼との未来に飛び込んだのだった。

しかし、去年は私が、そして今年はMが——

「離婚を考えてる。とにかくしばらく、離れてみようと思ってる」

「ふぅん。お、お揃い、だね……（苦笑）」——なんて冗談で笑い合うことが一瞬はできたとしても、そんなライトな鼻息で何処かに吹き飛んでゆくわけがないのが、ヘビィな2文字。

離婚。

どんなかたちであったとしても別れはしんどく、その衝撃は鈍器のような重さをもって頭ン中を、心ン中を、ブン殴る。しかも、1発なんかじゃない。もう平気だと思った矢先にまた不意打ちの50発目みたいなのがやってくるし、もしかしたら何十年と経った後でさえ、寂しさを感じる夜なんかはシクシクと、突然痛み出す古傷のように胸に残るものなのかもしれない。

辛いのはもちろん、女だけじゃない。どちらの方が、なんて比較に意味はないと分かっているけれど、妻から切り出す離婚の方が多いというデータを考えてみても、男側のショックは女の想像を超えているようにも思う。

そして、これは30、40代の離婚に限ったはなしではなく、熟年離婚の場合もほとんどの夫が、妻が離婚を切り出すと驚くという。その反応に、妻はまたビックリするのだ。何度も出していたつもりのイエローカードに、夫がまったく気づいていなかったことをその時初めて知るのだから。

男と女はすれ違う。

恋の始まりのすれ違いは、センチメンタルなBGMにのせてしまえば、ドラマチックな月9化が可能。でも、それらすべてを乗り越えて永遠を誓い合った後で、まさかの破局を迎えた瞬間に体感する「すれ違い」は、ほんとヤバイ。これはもう、音楽の力すら無力なほどに、とても切ない。

いろんなパターンがあるとは思うが、私の周りで多いのは、明るく振る舞う女とその様子を見て沈み込む男の図。

ピンチはチャンスとばかりに、未だかつてないほどのポジティブ底力を発揮する元妻と、そんな元妻の生き生きとした（ように見える）姿に何よりも傷つく元夫。↓ここで傷ついた元夫側がとる態度は様々だが、怒りや悲しみなどの感情が内側で入り乱れているのだから、穏やかなものであるはずがない。↓そもそも無理して元気を出している元妻は、これを受けて弱ってゆく。が、これではいけない、ピンチャン精神↓〈振り出しに戻る〉という、悪循環……。

とことん憎み合った果ての離婚ではない限り、共に幸せを目指した相手のその後の不幸を望む者など、いないと思う。むしろ、離婚後に相手が辛そうな姿を見ることほど気を病むこともない。きっと互いにそう思っているはずなのに、元夫婦が共に高め合えるような関係を築くのは、至難の業。

結婚していても難しいんだから離婚後に良い関係をつくりあげるなんて、そりゃあそうでしょうよ、何を言っているの、と思われるかもしれないが、私は本気でそれを目指していた。否、今も、引き続き目指している。

元夫を私は心の底から信用しているし、彼は素晴らしい男性で、世界でひとりしかいない、私の子どもたちの最高のパパ。

それに、まるで親友同士のように仲が良く、共に子育てをしている元夫婦を実際に何組も知っている。ただ、そこまでいくにはきっともっと時間がかかるし、近すぎる距離にいては離婚前と同じ内容の喧嘩をしてしまう。

籍を抜いてから8カ月、子どもたちのことを考えて離婚前と何も変えずに同じ家で暮らしていた私たちだが、4月を機に、別々に、でも共に育児をしやすいように近所に住むことを決めた。

決断してからも、不安はもちろんあった。ちょうどこの4月は、息子の小学校が始まるタイミング。別居とは関係ないところでも、仕事と育児の両立を上手くまわしていけるのかという「小1の壁」にぶち当たっていた。もっと具体的に言えば、息子が帰宅する夕方の時間は娘の保育園の迎え時間とかぶる。小学校に慣れない息子を、たとえ短い時間でもひとりで留守番させたくない。

どうしよう……。

ちょうど、その頃だった。冒頭のMからふたたび深夜に「離婚を決めた」という連絡が入ったのは。

人生のピンチに、私たちの運命がここにて、ふたたび、クロスした。

都内に戻りたくても住む場所がないというMと、もはや身体がひとつじゃ足りない私。「ねぇ、きて！」、「ねぇ、いく！」。一瞬で私たちは電話越しで、手を取り合った。

「初めて家出した夜にリリがテレビに出てたのも、こうなる運命だったんだよ、きっとそう」とMは声を震わせ、「何度イメトレしてみても新生活に残ったままだった不安が、今、Mのおかげで消えた」と私も感動。

が、その翌日、私の元夫とMの元夫の心の叫びも（互いに面識はないのだが）、たぶんここにてシンクロ。

「なッ、なんだよそれ……!?（訳／またブッ飛んだこと言い出してコイツマジなんなの）」

それぞれの話し合いと喧嘩と和解とMの正式な離婚を経て、あッという間に4月がきた。保育園の最終日の翌日には学童がスタートし、不安など感じる隙もないほど忙しい日々が幕を開けた。

この4月の主役である新1年生の息子が寝静まった、4月の新居のとある夜。

山のような教材すべてに名前シールを貼りまくる私の横には、アイロンで体操着にワッペンをつけてくれているMと、鉛筆削り紛失によりカッターナイフで5本の鉛筆を削るパパと、昼寝しすぎて眠れずに私たちを見守る娘がいた。

とりあえず4月限定で1カ月間一緒に住んでみようということになり、Mが私の新居に越してきたのだ。そして、今回の別居に関して元夫が最も不安だったのは、子どもたちと会える日数が減るんじゃないか、ということだったというが、今のところほぼ毎日会えている(私ももちろんそれを望んでいる)。

次の朝、慣れない小学校が不安だという通学前の息子のために、私は彼の大好きな曲をスピーカーで流した。すると、イントロが始まるやいなや、キッチンにいたMがワッと泣き出した。

『100万回の「I love you」』。

サプライズでバースデーパーティをしてくれた時に、元夫が会場に流してくれた思い出の曲なのだという。子どもたちは「ヤバイ」と言って泣きながら笑うMを不思議そうに眺めていたが、泣くほど好きな曲だということが分かるとテンションがアガってケラケラと大笑い。「ウケる」と言いながら楽しそうにはしゃぐ私たちを見守るパパも、もれなく笑顔で、その柔らかな表情は私をとてもほっとさせた。

リビングにて、私たちは歌いながら踊った。この時間のことは、きっと一生忘れない。

深夜のキッチンに、スッピンの私とMが向き合い座る。何故キッチンかというと、換気扇の下以外は、我が家は喫煙禁止だからだ(笑)。「悪いけど、タバコ順番ね。同時はけむいから」と言う私に、「オケオケ」なんてMが言いながら、たまたま型違いでお互いに所有していたReFa(マッサージ器)を交換コして脚を揉む。

マグカップを2つ用意して、珈琲を淹れて、私たちはゆっくり語り出す。

20代の頃と同じ〝おとこのはなし〟。でもその内容は更にディープな、離婚後の男と女のはなし。昔は、恋バナなんていつだってできたのに、この時間が信じられないくらい懐かしく、新鮮だった。このオトナな議題（？）を、恋バナと呼べるかは知らないが（笑）。

電話でもLINEでもなくこうして顔と顔を合わせて、夜中にガールズトークできている幸せを、互いに噛み締めた。大袈裟ではなく、こんななにげない時間にも、自由を感じてしまうのだ。

私は育児に、Mは夫の地元に、閉じ込められていたところがあった。彼女とは誕生日が1日違いの、蠍座仲間。百かゼロか、のブッ飛んだところがある。だからこそ真面目すぎる部分もあり、上手に息を抜けずに、頑張りすぎて限界を迎えてしまったのかもしれなかった。

こうしてふたたび、女友達と肩を寄せ合うだけで、なんて心が安定するんだろう。男と抱き合い感じる体温とはまた違う。女同士、並んで飲む深夜の珈琲は、リアルに涙が出るほどあたたかかった。

女友達と住む。

そんなことが実現するとは、数カ月前の私は想像もしていなかった。人生は、おもしろいなと、改めて思う。でも、24時間彼女を見ていてすぐに分かった。子どもたちと料理を作ったり、遊んだり、私と語っている時間以外のすべてを眠り続けている彼女は、ほんとうに疲れていた。

そして、離婚届の提出は彼女にとって、元夫ともう一度やり直すための、このままではイヤだという最終手段のレッドカードだったのだ。元夫のMへの愛情には、もっと早くから気づいていた。

「なんだよリリィ、ふざけんなよ、俺の女、取りやがって」みたいな嫉妬オーラを(面識はないのにもかかわらず)、肌でビシバシ感じていたからだ(笑)。

今、Mは元夫とよりを戻す方向で話し合いをすすめている。もっと厳密に今を語れば、Mはギリシャから来日しているという友人と温泉旅行中(笑)。そのフリースタイル感を含めて、彼女はほんとうに最高なのだ。

私は私で、一番大変な時期を支えてもらえたことで、彼女なしでも新生活をなんとかまわせる自信がついた。きっと、大丈夫。やっと心からそう言える。

でも、まずは珈琲だな。

忙殺スケジュールの合間の一服は、いつだって至福。これを書いている私の机の上には、ピンクのガーベラ。花言葉は「希望、常に前進」だということを、インスタグラムを通じて読者の方が教えてくれる。

Talk 24　女友達と男女の永遠

Since High School度　★★★★★

ずーっと信じてきたものを、イマイチ信じられなくなった時、人はぼんやりしちゃうんだね。

幼すぎると笑われようが、アツすぎるところが〝恋愛界の松岡修造だ〟とAmazonレビューに書かれようが（笑）、私はガチで信じてきたのだ、男女の永遠を。たったひとりとのひとつの大恋愛が、死ぬその日まで続くことを。

ようは、運命の恋、ってやつ。

憧れ抜いたし、夢見ていたら、訪れた。すぐに結婚して、子宝にも恵まれて、至福な瞬間は数えきれないほどにあった。それでもひとつの結果として、大恋愛は離婚というかたちで終わりを迎えた。

男女の永遠といっても何も、ドキドキソワソワする恋愛初期症状の永遠の持続を求めていたわけじゃ、もちろんない。むしろ、恋が終わり愛へと変わり、家族というカタチになることを覚悟した上で結婚したはずだったのに……。しかも、結婚というシステムに限界を感じて終わりを望んだのは、永遠を何よりの目標として掲げていたこの自分……。

ポカン、としてしまう。何に？　自分に。未知との遭遇といっても過言じゃない。物心ついた頃から信じてきた「結婚」という名の永遠を、もうイマイチ信じてはいない〝生まれて初めての自分〟なう……。

これ、ショックで泣くに至るほどの鋭い感覚ではまったくなくて、えっと、あれ？　あれれ？　と周りをキョロキョロしちゃうような感じ。迷子、とも少し違う。毎日育児と仕事があるので、両足はたとえイヤでもきちんと動いて日々のタスクはこなしている（じゃなきゃ生活がまわらない）。

ただ、今後の恋の先に望むものが、何なのか、生まれて初めてイマイチよく分からない。「結婚」には今のところもう興味がない。もちろん、子持ちの恋愛というものが私にとってニュージャンルすぎて、そして子どもたちが大切すぎて、恋というものを、今後どう扱ったらよいのかが分からない、というのもデカい。

未来が未知であることにドキドキするのは好きだけど、自分が求めるものが何なのかがハッキリしない状態はあまり好みじゃない。うーん。

そんなことをぼんやりと考えながらPCを開いた朝、フロリダ留学時代の親友の誕生日をFacebookの通知が伝えてきた。


思い出の中で16歳だったローズが、34歳に。


時間の経過に思わず、「Oh my god」。口から漏れる独り言をつぶやきながらバースデーメッセージをつくっていたら、高校時代にローズが放った名言が鮮明に脳裏に蘇ってきた。

「ボーイフレンドを女友達の前に置いたらダメ。女友達優先がマスト。だって男は、来ては去る。女友達は一生モノ」

恋に恋するティーンな私には、衝撃だった。

女友達は常にいっぱいいるけれど、運命の男はなかなか見つからない。遂にそんな男と出会った暁には、女友達など当然のごとく差し置いて、彼だけに夢中になるに決まっているし私はそうする、と物心ついた頃から密かに、でも強い気持ちで思っていたからだ（笑）。

高2のローズが真っ赤なマセラティを運転しながら放った何気ない台詞は、たとえばテレビでコメントしている恋愛カウンセラーを自称するおばさんなんかじゃ、到底敵わないほどの説得力を持っていた。

信頼と実績が、まるで違う。そう、恋愛の格言なんてものは常に、リアルな現場でしか出ないのだ(誰)。

ラテン系美女のローズは小柄で巨乳でオシャレなチアリーダーで、学校内で一番クールなフットボール部のトップ、マッチョで坊主でホットなバッドボーイとつき合っていた。

校内で知らぬ人などひとりもいない、イケてる度数トップのド派手カップルは、フロリダ基準からしてもスーパーワイルドで(日本の高校生の恋バナからは考えられないくらい、つまりは修羅場トークの中に銃という単語なんかも出てくるくらいクレイジーで)、ふたりは別れたりよりを戻したりのドラマを繰り返しながら愛し合っていた。

そして、そんなカオスなハイスクールラブの中、ローズはいつだって女友達をカレシよりも優先的に選んでいた。

具体例をひとつ挙げるとすれば、放課後に私とフラフラとドライブしている最中に彼氏から呼び出しの電話がかかってきても、「今ガールフレンドと遊んでるから」の一言で、熱愛中の彼氏のところに行かないのだ。

それができる16歳の女の子って、世界に何人いるだろうレベルの話です、これは!

(恋愛カウンセラー風の発音で是非)。

私だったら駆けつけちゃうのに、ローズすげぇな。当時の私の率直な感想はそれだった。モテる女はやっぱちげぇな、とも同時に思った。運転しながらタバコをふかす彼女のオトナびた横顔は美しく、あぁ、ほんとうに男（恋愛）というものは波のように来たり去ったりを繰り返し、同じ海でずっと一緒に泳げるのは女友達なのかもしれないと、永遠ドリーマーな私が思ってしまったくらいだった。

あれから、約20年。ほんとうにそうなっている（苦笑）。

ローズはフロリダでヘアスタイリストをしていて、私は2001年からもうずっと東京。15年も会ってはいないのだけど、娘のミドルネーム（ハワイで出産したため）をローズにしたほど、私は彼女を現在進行形で愛している。

チャットの流れで久しぶりに電話をかけてみると、長年の恋人と史上最悪の別れ（ワースト・ブレイクアップ・エバー）を経験したばかりだったローズの話は止まらなかった。怒りと悲しみに満ちたローズのエモーショナルなマシンガントークを聞いた後で、私自身も去年離婚をしたことをサラリと告げ（今でも愛情も信頼も持っている元夫と別れた理由が理解できないと日本ではよく言われるのだが、セックスレスのワンワードでアメリカ人は即納得）、それから冒頭の台詞のはなしをした。

「ねぇ、覚えてる？　16歳のあなたはこう言ってたの。それ、真実だったね……

け傷ついてきたんだろうな。

気づけば後ろに遠い、10代のあの日から、今に至るまでのあいだに、お互いどれだ

「オー！　ジーザス！（爆）」

（笑）」

でも私たちは、シビアな現実のあまりのヤバさに、逆に爆笑！

「あの時のローズ、言い方まで超クールだったの。どんなに愛し合ったってね、男なんていずれ消えさるから、あなたの方が大事！　って言い切ったからね。シックスティーンで、だよ？　私、忘れられないもんあのシーン。映画みたいだったし、私はあなたに女の友情の重みを教わったって思ってる」

「Awwww♡　なんてスウィートなことを言うのよ、マイリリー・アイラブユー」、「ミートゥー・マイベイビーローズ♡」。愛の言葉をかけまくり合った後で、私たちはほぼ同時に言った。

「てかさ、うちらのこのテンションの流れもまた、高校時代のまんまだね……」

彼氏より女友達の方を優先にすると公言していたローズも、運命の男が現れたら女友達よりも優先にしようと心に決めていたリリーも、同じくらいひどいレベルで恋愛体質であった、昔から。

常に隙なく恋をしていて、一瞬の間すら空かないスピードで恋バナを炸裂させ合って、その時々の胸の痛みをジョークにすることで涙を笑いへ変換し、最後には恋愛が上手くいかないからこそ、お互いを褒め合って抱き締め合うという、

女同士、世界共通の定番フロウ。

「はぁっ。もうバッドボーイは懲り懲りよ。セクシーさには欠けるとしても真面目な男を、次は選ぶわ。筋肉とビッグディッ×に固執するのをやめることにする（↑笑）」

10代のローズが言っていたまんまの台詞を、30代の彼女はリピートする。懐かしさと、変わらぬおもしろさに、もう笑いが止まらない。

「頑張ってやめようとしてるところも何度も見たけど、結局バッドボーイに戻るってことはそれ、性癖だよ。変えられないよ、仕方ないよ、いいじゃん別に、Live With It」と私が言うと、「No No No」とローズが叫ぶ。

「なんでダメなの？友達と恋人の差はセックスでしょ。男に関しては色気至上主義だよ、私だって、いつだって、今も変わらず。色気って深いじゃん。見た目というより、感性の相性。合う人はそうはいないけど、合えば最高。昔からそうだけど最近はもう特に、異性に求めるものはそれのみ、かな」

持論解説中に、ふわぁ、というローズの息がiPhone越しに聞こえてきたので、すか

さず「ね、今タバコ吸ってるでしょ？（笑）」とツッコミを入れる。

「Yes！よく分かったわね。吸わなきゃ、やってられないわよ」

「もちろん、同じよ。今、私も吸ってるわよ！（笑）」

ウケると笑ってから、ローズが言った。

「てか、でも、子どもがいるから、余裕ね、リリー」

「ッ！」

また言われた。日本の女友達にも最近よく言われるのだ。逆に言えば、「離婚した上に子どもがいるから大変だね」という台詞を、まだ一度も誰にも言われたことがないことに気づく（女性の経済的な自立が、一部では定着してきたことも同時に感じる）。

「それは、ほんとうに、そうなの」と私は認める。もしかしたら男女の永遠よりも、もっとずっと深いレベルで、子どもが欲しいと願い続けてきた私にとって、既にお母さんになれているという事実がもたらす余裕は、想像以上のものだったのだ。

「もうね、どうせ最後は別れるんだったら、こんなにも相手を吟味したりしてないで、もうさっさと結婚して子ども産んで離婚しとけばよかったって、最近ほんとに思うのよ!!」

そう叫んでからローズは即、意外なホンネを補足する。

「ただね、いくら私が自立しているとはいっても、妊娠すると鼻がデカくなるから、それを整形で直すこととかも考えると、出産はそうとうお金がかかるわよね」

「え、そこ？（笑）。鼻がデカくなるなんて話、日本では聞いたことないんだけど……」

「ベイビー、分かってないわね。事実よ。しかも、体型を戻せる自信もないし、ビッグママになると思うと踏み切れない自分もいるわ……」

「あ！　母親だからこその余裕の部分にも通じるけど、私、これからどんどん老いてゆくことがそんなには怖くないな。外見的な劣化は、そりゃイヤだけど自然なことよ」

「え、ウソでしょ？（笑）。それ、ママになっても細いからそういうことがヌかせるのよ！」

「体型、崩れたよ、確実に。でも私、パメラ・アンダーソンよりジェーン・バーキン派だから。若さに固執するのは無理があるって！」

「はぁ～～、No No!　アジア人の余裕よ、それは」

「ふぇ!?」

「なんであんたたちって出産しても太らないのよ？」

「また、そこ？（笑）。だからそれは、アジア人だからよっ！（笑）」

「フェアじゃないわ」

「ただ代わりにケツがまるでないわ」

「それは本当にそうね（笑）」

大好きな人種ネタで、私たちはまた笑い合い、「今の話もなんでもかんでもエッセイに書いていいから、早くギャラ溜めてフロリダに遊びにきてね、会いたい」と、まるで恋人へのささやきみたいな、ローズからの甘い声（酔♡）からの、iPhone越しに国境を越えて重なり合う、ふたりのタバコスハーッ（煙……）。

女友達との会話はいつだって、ぼんやりしていた思考をクリアにするための気づきをくれる。

たとえば、今後の外見問題。これからどんどん老いていって外見的な美しさは確実に減少してゆくけれど、今度は娘がどんどん年頃になって綺麗になってゆく。だからそれでプラマイゼロ、みたいな不思議な感覚が私の中にある。

そういう意味でも、子どもという存在がくれる余裕は計り知れない。自分が劣化してゆく恐怖なんかより、子どもたちがオトナへと成長してゆくことへの楽しみの方がグッと上回るからだ。

プラス、育児はほんとうに大変なのだ。外見がうんたらという問題よりも、子育てを終えた瞬間からどこまでもまた自由になりたくって、たまらない。世界を旅したりして、ワクワクしながら暮らしたいのだ、私は。

そこまでハッキリと思ったところで、あぁそっか、とひとりで思う。たとえば、そんな旅先のバルセロナの美術館なんかで、ふと目が合った50代タメの渋い紳士と恋をするってのもまた、非常にいいじゃん！　と（妄想）。

ひとりで生まれて、ひとりで死ぬ。

その事実を、生まれて初めて肯定的に捉えている自分に気づく。

生と死のあいだにある、そう短くはない人生を、その時その時で大好きな人に並走してもらえるのはこの上ない幸福だ。いろんなステージで出会った女友達も、いくつもの恋と、その先で本当に愛し合うことができた尊い思い出も、すべてが同じ海の中。

愛はまた、別。だけど恋は、いつかは必ず、終わるもの。

だからといって、悲観すべきことでもないのだ。約7年間の「恋愛結婚」は私にとって、とても幸せな時間であり素晴らしい経験だったと、心の底から思っている。

そんな今の私が、ぼんやりうっとりと思うのは、濃厚でホンモノな恋を、死ぬまでにあといくつできるか、ってことなのかも。恋愛至上主義もまた、一種のやっかいな性癖みたいなものなのかもね。きっと一生、変わらない。ただ、ステージごとの変化はあって、新たな基準がまたできる。

「ボーイフレンドを子どもの前に置いたらダメ。子ども優先がマスト。だって男は、来ては去る。子どもは一生モノ」

ローズの名言をあえてもじるなら、そんなふうに思ってる。冷めているってことじゃない。あの日やけにオトナびて見えた16歳のローズに、34歳にしてやっと追いついたってだけのこと。どんな恋に落ちたって、優先すべきプライオリティを死守する美学。

きっとオトナの魅力って、こういうこと。

Talk 25　人生の隙間

no woman no cry度　★★★★☆

〆切前の緊張感からか、アラームが鳴る前に、自然と目が覚める。枕の下のiPhoneを手にとると、液晶が白く光る。

まだ、朝の4時。水がパチパチと窓ガラスを叩いている音に、雨だと気づく。カーテンを開けると鼻先に、冷えた空気と好きな匂い。

東京の雨は、濡れたコンクリートの香りがする。

子どもたちはパパと共におばあちゃまの家に泊まっているので、私は家にひとり。キッチンに行って、コーヒーを淹れるための湯を沸かす。

ふと、つかの間の自由を、心地よく思えている自分に気づく。

少し前までは、たったの一日でも子どもと離れただけで、身体の一部をどこかに置いてきてしまったような猛烈な違和感に襲われたのだ。そして、そのたびにふたつの想いが胸に混じった。

母子の関係性が濃密であることの他の何にも代え難い幸福感と、息が詰まるような種類の孤独。

今だから言えることだけれど、私の周りには、職業柄頻繁に海外出張に出掛けるママ友がとても多く、その陰にある彼女たちの葛藤や努力を想像しながらも、それでも、まとまった自由時間を得られること／母子共に離れることに肌が多かれ少なかれ慣れていること／すなわち恵まれた子守り環境を羨ましく感じていた。

もちろん、それと似たような感情を、インスタなどを通して垣間見える私の〝自由そうな生活〟に抱くママたちが少なくないことも、同時に分かっている。

同じママであっても、こうだ。同じなどどこにも存在しない。

外が雨だからか、肌寒い。キャミドレス一枚の腕を自分の手でさすってから、マグカップに注いだ安いコーヒーを一口飲んで、換気扇の下でカチッと百円ライターでタバコに火をつける。

カウンターの上で満開の百合の甘い香りが、苦い煙の匂いにかき消される。

iPhoneからスピーカーにBluetoothで音を飛ばしてから、なんとなくLINEをスクロール。ずっと下の方に、大好きな女友達のアイコンを見つけて、指でタップ。『今日は来てくれてほんとうにうれしかった！　さすがお土産分かってるね。明日はこれで盛って退院するわ♡』『もぅ本当におめでとぅ！　是非、使って盛ってから退院の写真でもとってｗ』。

ふたりの会話は、互いに送り合ったハグスタンプとラブスタンプで締められている。誰がどう見ても、仲の良いやり取り。でも、彼女が産んだばかりの3人目の赤ちゃんに会いに病院に行った日の会話を最後に、ＬＩＮＥはピタリと止まっている。彼女が喜んでくれたお土産とは、おむつケーキやベビー服ではなく、彼女用に私がセレクトした化粧品。

3度目の出産後に女が欲しいと思うものが、私には分かる。

20代を共に過ごした私たちは、同じ年で、ほぼ同時期に結婚して第1子に男児を、第2子に女児を、それぞれ産んだ。専業主婦で幼稚園ママの彼女と、仕事を持つ保育園ママの私は、互いの違いを尊重し合いながら、ううん、むしろ自分に足りないものを持つ相手を心から尊敬し合いながら、これまで友情を育んできた。

育児や人生についての時折の長電話や他愛のないＬＩＮＥチャットが、オトナとの会話に飢える育児（と執筆）生活の支えにもなっていた。

『ね、最近ね、気づけば、3人目の赤ちゃんのことを妄想してる。子ども3人は、夢かも！』『凄いね！　私は、今は、だけど、2人で手一杯で考える余裕ないよ！』数年前、そんな会話を私たちは何度もした。前者が私で、後者が彼女だった。

人生は、不思議だ。

気づけば3人目を熱望していて、幸運にもすぐに授かった赤ちゃんを彼女が産んだその頃、私はとても久しぶりに仕事の後に訪れたクラブで、イエーガーのショットを8杯も飲んで、その解放感と幸福感を味わっていた。

新しい仲間を迎えて5人家族になった彼女と、離婚して平日は3人暮らしになった私は、枝こそ分かれたものの、それぞれ自分の生活と環境に、その時、ウソひとつなく満足していた。もっと言えば、恵まれた環境に、感謝すらしていた。

——それでも、だ。

時間に満たない面会の最後の10分くらいに、何かがズレた。きっと互いに、それを感じた。

自分が手放したものを、相手に見たのだと思う。

酒好きなのは、私ではなく彼女の方だった。彼女は元ダンサーで、私たちは20歳を少し過ぎた頃に渋谷のクラブで出会ったし、ふたりともクラブで出会った男と結婚した。音楽と踊りへの愛情もまた、私たちの大きな共通点だった。

そんな私たちだから、専業主婦と働くママの差など何でもないくらいの、共通体験があった。

簡単に言えば、忘れられない青春のワンシーンってやつだ。

初夏だった。明け方の、もう誰もいなくなった円山町の小さなクラブで、ふたりきりで踊った、たったの数分間を、私たちはきっと死ぬまで覚えている。

DJがかけた最高のラストソングに、私たちは悲鳴をあげながらカウンターによじ登り、互いを見つめ合って、涙をポロポロこぼしながら踊ったのだ。

曲は、ボブ・マーリーの〝ノー・ウーマン・ノー・クライ〟。

リリックを口ずさみながら踊ることで、私たちは語り合う以上に共有した。恋愛でついた心の傷と、いつかホンモノの愛が欲しいという願いを――。

あの明け方あっての、結婚、そして育児スタートだった。自由の中で孤独を感じていた私たちは、子どもという掛け替えのない存在と出会えたことに、心の底から感謝した。と、同時に私たちは、あのカウンターの上に存在していた自由のことも、愛していた。

もちろん、3人目を産んだ彼女だって、その気になればすぐにでもまた踊れる。そして、もしかしたら私も、また赤ちゃんを産めるかも。未来は、なんにも分からないし、もっと言えば、未来の自分が何を望むようになるのかも、未知なのだ。

そして、私たちはそのことを十分によく分かっている。私たちの友情は固く、今のコレは一時のズレにすぎないことを、互いに確認せずとも理解しているのとまったく同じように。

気づけば、2本目のタバコを吸い終えている。ボブが聴きたくなって、LINEを閉じて、SoundCloudのアプリを開く。

青春／独身時代を、家族と家族のあいだの時間、と捉えていたことを思い出す。無自覚に生まれ落ちた家族と、オトナになってから意志を持ってつくる家族とに私は分けて考えていた。

ならば、今の私のこの自由は、何と何のあいだなのだろう。

〆切のことなどスッカリ忘れて、私はキッチンにしゃがみ込んで泣いている。こんなにも涙腺が弱いことを、すべて、子どもを産んだからだという理由にしてきたけれど、もしかしたらそれは、自覚している以上に心に傷があるからなのかもしれないと、今更思う。

眠たくてグズっていた娘が、パパに全身全霊でワガママを言っていた数日前の夜のシーンが、頭の中で鮮明に再生される。元夫は嫌な顔ひとつせず、むしろ4歳の娘のワガママに目尻を下げて嬉しそうに、彼女を抱き上げて眠りにつくまで抱っこしていた。

離婚して約1年が経つが、その画に私は幸せを感じた。我が子に素晴らしい父親を与えることができた事実を、とても幸運に思い、神様に感謝した。

と、同時に、子どもの頃に自分も父親に、あんな風に足をバタバタさせて全身全霊で甘えてみたかったと、そう思ったら、急に猛烈な寂しさに襲われた。

家の中に、自分の男（私の父親）がいる母に嫉妬していた子ども時代だった。昭和の父親像からはかけ離れた、平成の溺愛パパを持つ子どもたちに対して抱く感情は、嫉妬とはまったく違う。

これは、達成感にも似た、満足感。

それでも、それらふたつのあいだにいる、たったひとりの自分に気づいたら、泣かずにはいられなくなった。

寂しい時に「抱き締めて」という甘えを心から許してくれる――つまりは愛のある関係の男がいないことに、情けないことに私はとても不慣れだ。それなのに、その時期がずいぶんと長くなっていた。

運命は不思議だ。

いつだって、人生の隙間が突然、恋をうむ。心の隙間、とも言えなくもないけれど、体感として、それとは少し違うと思っている。寂しさを恋と錯覚することはオトナになってもあるけれど、それらの差なら、もう分かる。

これが、どう続いてゆくかの心配よりも、傷つくかもしれないことへの恐怖心よりも、今、また恋をしているという事実ひとつに喜びを、純粋に見いだし感じている自分がいる。

実際に抱き上げてもらわなくったって、そんな特別な気持ちひとつで、しゃがみ込んで泣いていたところから、自分の足でまた、立ち上がれる。

雨の朝でも、カーテンが光を透かしはじめる。もう一度湯を沸かして、コーヒーの粉の中に湯を注ぐ。数週間だけ同居していた女友達が置いていった、〝最後の晩餐〟柄のマグカップを手に、私はひとりで机に向かう。
キャンドルに火をつけてから、パソコンの電源を入れて、今思ったばかりのことを、そのままエッセイに書き綴る。この世の誰にも遠慮せずに、私は書きたいことを自由に書く。私はそれを、自分に許す。

『愛は、現在にしか宿らない』

瀬戸内寂聴の言葉の意味を、理解する。過去より未来より、今。もっと言えば、この瞬間、胸に宿る想いを、口の中で溶ける飴のように味わうことが、上手になった。
そう考えるとやはり、すべてのすべてのすべての経験は、なにひとつ無駄ではないのだと、心から思える。

――すると、心の傷が、ほんの少しだけど意味を持つ。

〈完〉

あとがきにかえて

しばらく小説オンリーに逃げていたので、5年ぶりのエッセイになる。ここに綴った言葉たちが、本になって世の中に出る。今の正直な想いは、嬉しいよりもほんの少しだけ、怖いが上回る。

今からピタリと10年前に『おとこのつうしんぼ』という恋愛エッセイでデビューした時、私は25歳で、書きたい衝動と若さ故の自己顕示欲にも満ちていたから、その頃は知りもしなかった。

自分のことを書くことが、どんなに怖いことなのか。

現在進行形の想いを文章の中に真空パックするように記録していく行為は、本来は鍵のついた日記帳の中ですること。書き綴ってゆくあいだにも人生は流れ、自分でも予期していなかった未来がやってくる。

すると、数カ月前のホンネは、いとも簡単に、結果としてのウソにもなる。

たとえば、14歳の頃の日記帳のページをめくると、ビックリする。前のページでは死ぬほど大好きだと言っていた相手の名が、たったの数ページ後にはもう一切出てこなかったりするわけで……。

でも、20代の自分を丸ごと使って書いた4冊の『おとこ』シリーズ本でも、ひとつの恋愛に対して使うページ数が圧倒的に増え、筆圧が重くなったという点での成長はあっても、3冊目の『さいごのおとこ』ラストで破局。

4冊目の『おとこの左手、薬指』で、私は「結婚」を書いた。心からの覚悟を、愛を、文字で綴った。

30代になり、シーズン2として再開したこの『オトナ』連載は、その点においては、安心し切って書き始めたのだった。

イントロダクションを書いたのはたったの2年前。私は既婚者で、2児の母親で、激動の20代を経てやっと辿り着いた人生の安定期の中にいた。

このエッセイが流れてゆく方向を、一冊としてのこのラストを、誰よりも予想していなかったのはまたしても自分自身だった……。

正直に言うと、離婚当時やその後は、〆切が迫っているのでパソコンに向かうが、自分の人生が大変すぎてそのことで頭がいっぱいで、それしか書けないけど、ううん、リアルに頭の中にあることを書きたい気持ちは強いけれど、現在進行形で他人にそれを知られたいかと言えば答えはノーで、ただそうしているうちに〆切が過ぎて、焦りながら腹をくくって、自己ベストの原稿を仕上げるということを繰り返した。後半の1年は、そんな感じだった。

赤裸々に綴ろうという覚悟を決めるというよりも、そういう人生なのだろうなと腹をくくるしかない状況、と言った方が感覚としては近かった。

でも同時に、過去のホンネが現在から見たらウソへとオセロのように色を変える、その過程こそが、リアリティだとも思っている。

日記とは、ノンフィクションとは、ドキュメンタリーとは、もっとおおきく言えばヒトの人生とは、ショッキングなサプライズの連続なのだ。

そんなプライベートな流れを自らの意思で公に曝してゆくのが私にとってのこの「エッセイ」連載なのだから、当然消耗するし食らうダメージも半端じゃない。好きでやっていることだ。仕方ない。でも、心配にもなるのだ、自分はよくても、家族が増えて、正直なところ、いろいろと……。

それなのに、どうして書き続けるのかという答えを、今このあとがきを書きながら考える。

ひとつ言えるのは、寝る前に心の中のモヤモヤを文章にしてスッキリしてから眠るという行為自体が、十歳に満たない頃からのルーティーンで、それこそが、死ぬまで変わらない、変えられない「私の核の部分」なのだと思う。

私のことを知って！　私はこう考えている！　という若くオラオラな自己顕示欲がデビュー当時100あったとしたら、ある程度もう満たされたことと年齢を重ねたことで、10程度にしぼんだし、読んで欲しいけど読まれたくないという矛盾すら抱えている。

ただ、物心ついた頃からの書きたい衝動は、一定の勢いを保っている。朝、書きたくて目が覚める。そして私は、少し怖いと思いながらも、躊躇なく本を出す。

20代の頃は、文章を通して自分と同じような葛藤の中にいる女の子たちの手を繫いでいたい、と心から思っていたけれど、それは私自身が寂しかったからで、今も同じような想いも孤独ももちろんあるけれど、でも――。

きっとこれはもっと、私の個人的なライフワーク。

自分という「道具」を使って、心の内側に、目の外側に、それぞれ広がる「今」を切り取って文章で保存していきたいのだ。忘れたくないのかもしれない。すべての気持ちを。そして、内にしまい込まずに共有することでしか、この作業は完結しない。

つまりは、エゴイストなのだと思う。情けないほどに、きっと自分は、生粋の――。


未来は未知で、自分のことも、分かっているようでいて分からない領域が常にある。だから不安にもなるけれど、だからこそ自分で夢をつくればよいとも言える。

この日々の先に見たい光を、自分で設定すればよい。希望がなくても生きられるほど、人はたくましくないし、自分が嫌いなのに元気でいられるほど、人は強くない。まずは丸ごと、イヤな部分も含めて自分自身を受け入れる。


これからも、私は自分と共に。

あなたも、あなた自身と共に。


今、私がキッチンで書いているこの文章を、今、あなたはまったく別の場所で、その目で追ってくれている。そんな縁って、とても不思議だ。もちろん、あなたが私を好きとは、限らない。あなたと、私が実際に会うことはないのかも、分からない。

それでも、あなたの人生の中の光がこれからもよりキラキラと輝くことを、心から願わずにはいられない。

だって、今、この本をとおして会話をしている不思議は、あなたと私のひとつの瞬間的な縁で、私の本を、手にとってくれて、読んでくれて、ほんとうにありがとうって心の底から思うから。

＊

2014年、3月。『オトナミューズ』創刊号をコンビニで見つけた瞬間、ずっと探していたコトバと出会えて興奮した。20代のエッセイのキーワードだった「おとこ」に代わる3文字は、「オトナ」しかない！　連載媒体はここしかない！　全身にビビッときて、もしこの雑誌で連載させてもらえなかったらどうしよう、と怖くなった。すぐにタイトルを考えて、「初めまして」の編集長の渡辺佳代子さんに原稿を持ち込んだ。渡辺さんがその場で読んで、二つ返事で連載を決定してくださった時の感動、絶対に忘れない。ありがとうございました。あの時、嬉しくって泣きそうでした。担当の丸山摩紗さん、そして後半からお世話になった加藤奈々子さん、時にあぶなっかしかったに違いない私を、クールな優しさで支えてくださり感謝しています。

帯コメントを下さった、敬愛する大先輩、吉本ばななさん。これまでの人生で、時には涙をボロボロ流しながら、すがるようにして先生の文章を読んできた私にとって、ばななさんが言葉でこの本をそっと抱きしめてくださったこと、一生の宝です。その優しさに、大袈裟ではなく心が救われる思いです。ありがとうございました、ほんとうに。

書籍化にあたりお世話になった編集者の田村真義さん、小林美香さん、素敵なブックデザインを担当してくださった大久保有彩さん。オシャレな本にしてくださり、感激です。

大好きなダリの似顔絵モチーフのポストカードを目撃した瞬間から、一緒にお仕事したいと勝手に心に決めていました。毎月、最高にエッジィなイラストを描いてくれているekoreのおふたり——イガリシノブちゃんと中村千春ちゃん——、夢が叶って幸せです。

いつも支えてくれる家族のみんなに、ごめんなさいとありがとう。ミズキとかはな、ふたりはママとパパのたからもの。こんなにも人を好きになれるものかと自分でもビックリするくらい、愛しているよ、心から。

そして最後に、読んでくださる方がいるから、私は文章を書く時間を、仕事として確保することができています。執筆時間を私にくださり、ありがとうございます。『オトナミューズ』にて、連載はこれからも続いていきます。私の時間も、あなたの時間も、一秒も止まらずに、ここからまた、流れに流れて続いてゆく。

人生ってだから
おもしろいよね。
いつか必ず終わるのに、
その事実すら忘れるくらい
私たちは今、ここに、一生懸命生きている。

小1息子の夏休み最終日に。
LiLy　2016・8・31

文庫版によせて
32歳、オトナ初心者

今年もまた、ちょっと信じられないくらいに暑かった。しかもプラス、マスク。そんな夏の終わり、2020年の9月の中を私は今、生きている。この文庫本を手にとってこのページまで読んでくださった方は、ここで時間が「5年」ワープする。息子は小5、娘は小3になった！

初めまして。または、こんにちは。38歳のリリィです。

32歳からの2年間を綴ったエッセイ本が文庫化されることになり、あの夏から5年が経ったことを改めて感じている。自分の本を、私は普段滅多に読み返さない。でも今回は仕事として読み返さなくてはいけないので、サーッと読んだ。

率直な感想。おもしろかった。それも、かなり。

他人事みたいにそう思った。いつも本が完成するたびに思うのは、もし私がリリィではなく、リリィと同じ年代の女性としてこの本を手にとったら、内容を激しく気に入るだろうということ。

作者が自分と似すぎているため（自分だからね）、同族嫌悪でファンにはならないかもしれないけれど、本は新作が出るたびに読むだろうなって思う。そうして読んでも、「え、私も書きたいんだけど」って途中から思いはじめるだろうから（自分だからね）、その悔しさから「リリィを愛読している」って公言はしないプライドの高さなんかもあるかもしれないなって想像もする。で、代わりに本格派作家である桐野夏生さんあたりをインスタストーリーにアップしたりしてね（大好き）。

いや、そんなややこしい自意識を引きずるのもきっと、32歳くらいまでかもしれない。そこをすぎたら、普通にすべてにオープンかも。32歳って、ちょうど女子とオトナの女の境目くらいの年齢なのかもしれない。

——と、そこまで自分の本と自分を切り離して考えるタイプでもあるのに、やっぱりこの本はサラーッとしか読みたくなかった。向き合うことへの拒否反応。それはやっぱり、自分のはなしだからだ。

離婚をした、人生で最も頭がおかしくなったあの夏を「懐かしむ余裕」をくれるほどには「5年」という時間は長くない。50年くらい経てば、ふふって思えるかもしれないけれど、今はまだ、リアルすぎて。思い出すたび、胸がイヤな感じで苦しくなる。

本当は、原稿を書く余裕なんてないくらいに精神的に追い詰められていた時期だった。

それでもここまで冷静に本音を書けたのか、すごいなって、ここでまた客観視へと巻き戻る。だって、文章の裏ではもっと、もっともっと私の頭はあの夏狂ってた。

32歳。今思うと、とてつもなくその年齢は、若い。でも当時は、38歳の今よりも「自分はもう若くはない／歳をとった実感」と共に生きていた。20代からたったの2年しか経っていなかったから、20代の頃との対比がとてつもなく色濃かったのもあっただろうし、「既婚者／2児の母／夫と共にマンションも購入済み」＝十分に自分をオトナだと思えた事実もある。「青春は完結した／してしまった」、そんな実感と共に書きはじめたのがこの本のイントロダクションだ。

不慣れだった。戸惑っていた。「オトナ」という新しい社会的ポジションに。ずっとなりたいと思っていたものだったけれど、もう逃げも隠れもできない「正真正銘のオトナ」としては生き始めたばかりだったから。生まれて初めて既婚者になり、生まれて初めてママになり、その2年後には生まれて初めて2児の母になり、生まれて初めての離婚までしてしまって――――。

恋愛にも人生にも慣れてしまったような気でいた20代後半よりも、ずっとずっと、30代前半の私は「新しい人生の初心者」だった。

さて、この先は、どうなるの？　この本の続編は『目もと隠して、オトナのはなし』『オトナの保健室』と、2冊の本（とKindle）になっているけれど。リアルな人生ってやつは、一体ここからはどんな感じですすんでいくの？　未知！

すべては、自分が生きながら感じて考えていくしかない。これは終わりのなき物語で、連載は雑誌『オトナミューズ』にて毎月リアルタイムで進行中。

最後に、同誌でプチ連載していた読者の方からのQ&Aと、創刊5周年記念に編集長の渡辺佳代子さんと対談させていただいた原稿も収録させてください。

パンチのある帯コメント同様、渡辺さんに言われて以来ずっと胸の中にある言葉がある。

「クレイジーなオンナ人格と、その心理を言語化できる冷静な人格。リリィさんの中にはどちらもあって、黄身が二つ入っている一つの卵みたいに珍しい。そこが、作家として唯一無二なところだと思う」

嬉しかったという感情以上に、その分析が自分自身でも腑に落ちたところが快感だった。「だからどう」ということよりも、「だからこう」なのかと納得できる瞬間が私にはもう、たまらない。

これからもそんな風に自分という人間を材料に、人生というものを探っていきたい。冒険！

文庫化にあたりお世話になった宝島社の担当編集、田村真義さん、ブックデザイナーの大久保有彩さん、本当にありがとうございました。現在進行形でお世話になっている連載担当編集の加藤奈々子さん、『オトナミューズ』編集長の渡辺佳代子さん、イラストレーターのekoreさん、いつもありがとうございます。

今、この瞬間、この文章を読んでくださっているあなたへ。心からのお礼をお伝えさせてください。ありがとうございます。

読みながら、自分自身と対話する〝たたき台〟として私の文章を使っていただけたら、幸いです。最後まで、楽しんでいただけますように。

L・i・L・y　2020・9・5

LiLyがあなたの悩みに答えます！

LiLyがあなたの悩みに答えます！ vol.1

Question

職場で苦手な人のことがどうしても気になってしまい、頭から離れない。（事務職・38歳）

Answer

オトナになってから人間関係で悩むこと、ダルいですよね。同じ理由から眠れなくなった時期があります。勇気を出して先輩に悩みを相談してみたら、「若ッ！」と言われたので余計にダルくなりました（笑）。

そう。「人は人・自分は自分・イヤなことはスルー」はオトナの基本。頭ではわかっているのに、苦手なヤツのことが頭から離れない。そんな自分に困っちゃうし、だからこそあまり口にも出したくない。

さて、私はこう解決しました。

何故、そんなにも苦手なのか？　どうして、こんなにも気になるのか？　答えがわからないからモヤモヤする。そもそも、相手の理解できない行動が許せなかったりするところからこの問題は始まっているわけなので、たくさんのクエスチョンマークが頭の中に浮かんでいる状態。はい、消していくのです、一つずつ。

「どうしても気になる苦手なアイツ」=読み始めたばかりの「ミステリー本」と捉えましょう。

苦手だと強く感じる部分の中には、同族嫌悪（もしや自分と似たところがある？）が隠れている場合も多い。

では、それは何処か。これ、自分という人間を知る最高のヒントにもなるの。「苦手なアイツ」が頭の中に常にいる「苦痛」を、苦手の理由を紐解いていく「エクスタシー」へと変えてしまう！

私の場合、頭から離れないのをいいことに、もう徹底的に、本が一冊書けるレベルで分析したの。そしたら、モヤモヤが消えてスッキリ！　色々とイヤなこともされたのに、思考するためのお題をありがとうって思えたところで完全解決。

人生は壮大な暇つぶし。ミステリーの解決、楽しんでやるくらいのノリでぜひ！

LiLyがあなたの悩みに答えます！ vol.2

Question

最近、何かあったわけでもないのに気分の滅入ることが多くて……（ヘアサロン勤務・38歳）

Answer

「滅入る」。滅亡の「滅」！

そのストレス、なかなかハードにハイレベル。しかもハッキリとした理由がわからない！ つまりは日常に滅入っている、と。

「日常」。わたし自身も含め、ほとんどのオトナは大して変わり映えしない毎日を送っています。

そんな毎日の同じような景色の色を、
ガラリと変える唯一の魔法は存在します。
それが「気分」……!!

つまりは気分が沈めば沈むほど、いつもの日々が冴えない色に見えてきて、さらに気が滅入ってくる。この負のサイクルを断ち切る以外に、日々が明るく、心が晴れはじめる方法はない。

日常の中に何かがあるはず……。

今やりましょう。ペンと紙を用意！　今の生活の中で「ほんとうはイヤ・やりたくないこと」を洗いざらいリストアップ。身近な人に最も読まれたくない項目を3つ暗記したら紙を丸めて、家から徒歩10分はかかるコンビニまで歩いて捨てに行って！

紙を捨てると同時に、暗記した項目の中から最低一つは日常から切り捨てよう。スケジュールからストレスを排除するその権利、自分のものだ。気分を甘くみてはならない。アゲるためなら、他人への遠慮は厳禁。これは滅亡しないためのセルフケア！

LiLyがあなたの悩みに答えます！ vol.3

Question

自分の老化を受け入れられず、夫にたるみや体型の変化を指摘されると怒ってしまう。（出版社勤務・37歳）

Answer

まずはじめに、頂いたそのたったの一行から、相談者様のよい意味で「オトナっぽい考え方・生きる姿勢」が伝わってきます。

「老化」とはつまり、誰にでも訪れることであり、自分自身が受け入れるべきこと。そして、夫にカラダの変化を指摘されると「怒ってしまう」のは、現実を受け入れることができない自分の余裕のなさが招いている、と。

お会いしなくてもわかります。あなたはとても素敵な方です。

夫という立場にいる男性＝他の人にどう思われたっていいけれど、あなたの目にはどうか綺麗に映りますように。そんな女心を込めてデートに着ていく服を選んだことがある相手。そこから年月を共にしてきたパートナー。そんな人生の重要人物に、過去との比較をされた上で今の外見を批判されたら、そりゃあ傷つきます！

そう、怒ってしまう原因は傷ついているから。ならば、感情ステージをあえて一つ巻き戻し、どうか傷ついている姿を彼に見せてみて！

比べてみてください。「俺の悪気ない一言をきっかけに妻にキレられた」。「俺の言葉が妻を傷つけてしまった」。前者は「暴言⇅怒り」でやり合いが終了しているのですが、後者は「暴言↓涙」。妻からの反撃がないので夫側のアフターフォローが必須な状態に。

「そんな傷つくと思わなくて、ごめんな」「ううん。私も気にしてたから、自分でも想像以上に傷ついちゃって、ごめんね。でも私、やっぱり老けたよ？」「え、いや……」「節約してたけど、やっぱりちゃんとケアしようって思えた。××くんに綺麗って思われたいもん。だから、ありがとう！」（え……、突然の〝くん〟呼び？　あ、俺が払うの？）。

これが理想のパターンです。トキメキすら、また復活するかも。もし、こうはいかない場合は、自分で金をかけて己を磨いて外の男に褒められて自信を回復する。焦る夫（最高のリベンジ）。両極端ではありますが、その二択ですね。後者は再び己をシングルへと導く可能性もありますが、夫婦円満もバツイチ二度目の青春も、種類は違っても同じくらい最高なので、どちらを選んでもあなたが行き着く先は大きな笑顔。

批判にも微笑む余裕を持つのは、老後でも良くないですか？

磨けばまだまだ輝きます。

否、ますます輝きます！

たるむからこそカラダの質感が柔らかくもなるし、青いリンゴには真似すらできない熟したフェロモンを「老化」と切り捨てるのはもったいない！

今は、仏の心を目指すより、女の旬を楽しみましょう。

Ｌｉｌｙがあなたの悩みに答えます！ vol.4

Question 何かにつけて、自分へのご褒美買いがやめられない！（デザイナー・38歳）

Answer

ある夜、女友達がこう言ったのです。「もうダメだ。タバコも酒もやめられない。どうにもこうにもカラダに悪いことをしないとストレスが飛んでいかない！」。お悩みを拝見してまず頭に浮かんだのが、彼女がこのパンチラインを発した時の表情でした。眉間にはシワ、口からはタバコの煙、右手に酒。だけどその時の彼女、私の目には美しく映った。とっても人間っぽいなって、そんな彼女のことをとてもいいなって思ったのです。

不思議ですよね、誰だって人間なのに。

それなのに、面と向かった相手に人間っぽさを感じる瞬間はレアだったりします。私たちはみんな、人間っぽさをどこかでバランス良く消しながら他人と接して生きている。

相談者様も、そのアンストッパブルに買い物をする姿――もしかしたら深夜にパソコンを睨みながら次から次へとポチりまくっているそのダークな表情は――あまりまわりには見せていないはず。否、外から見える貴女はいつだって、ダークどころか常に新しいアイテムを身につけた素敵なオトナ。

そのギャップこそ、とても人間っぽい。好きです。

相談者様がやめられないのは酒でもタバコでもなく、買い物。共通点は、消費と消耗。身を削がないと発散されない種類のストレスって、あります。お金が減るのは困るのに、お金を使った瞬間にこそスカッとする感覚、よくわかります。マイナスな面をも含んだ快感って、中毒性があるのです。

さて、どう解決するか。自傷チックな行為でしか発散できない種類のストレスの「元」を突き止めるしかない。原因はいつだって、貴女から半径1メートル以内の日常の中に潜んでいる。

ＬｉＬｙがあなたの悩みに答えます！ vol.5

Question

40代で独身なのですが、出会いがなくて……。（出版社勤務・43歳）

Answer

ヤバイ。明日、履く靴がない。どうしますか？　翌日には届くネットですぐに買いますよね。出会いがない。靴が届くよりもハイスピードで即出会えるアプリがスマホの中にいくらでもある時代です。

「コロナ禍のステイホーム期間があまりにも暇すぎて、４つの出会い系アプリを駆使して十人くらいと今連絡とってて……。でも、もう仕事が再開したから忙しくなっちゃってもう面倒臭いからラインを初期化したい……」

これは、あまりにも暗いニュースが多すぎるここ数週間のあいだに私が耳にした話の中で、トップ３に明るく輝いていた事件です（笑）。しかも発言した知人も、相談者様と同じく40代独身。

ただし彼女は、数年間の調停を経てこの春に離婚したばかりなのです。出会いに対するこの貪欲さは、長かった結婚生活の反動とも言えますが、これぞまさに彼女が「自由なオンナ」へと返り咲いた証。

シングルでいる時期が長いと、うっかりスッカリ忘れてしまうことがあるのです。それは、彼氏も夫もいない時期が、どんなに自由であることか。このようなフリーダムこそ、金でさえ買うことがなかなかできない貴重な財産。

だって、またすぐうっかりできちゃうものなのですよ、彼氏って。本能的に、もう誰にも止められないってくらいの勢いで出会いに貪欲になった先の未来には、その行動の結果として。

ですので、相談者様。

欲しいものがあるなら、自分で取りに行かないと！

自分が持っているとなかなか気づけないけれど、あなたのその「どんな男と出会って何をしてもいい自由」とは、スッカリ愛が冷めた夫との生活と育児に疲れているママたちが夢の中で渇望しているものだったりします。ですので、間違っても「あー夫と子どもがいるあの人はいいなぁ」なんていう「今、自分が持っていないもの」に対する渇望に時間を費やしてはいけない。そしてこれは、夫に冷めながらも育児に奮闘中のママたちも同じです。

今、自分が持っている幸せを最大限に美味しく味わえるか。幸せに生きられるかどうかは、そこにかかっているのです。

人生って「時期制」だと思う。一つの人生の中には、いろんな時期がある。そして、どんな時期にもそれぞれの良さがある。どんな時期に身を浸していても、その時期にしかない良さにイチイチ気づけるか否かで、人生の幸福度は丸ごと激変します。

男性の選択肢がありすぎてラインを初期化してしまいたくなるほどの状況、ステイホームしながらでも作れるみたいなので、是非、お試しいただければと思います。

LiLyがあなたの悩みに答えます！ vol.6

Question

自分の言いたいことを我慢できなくなって、つい周囲の人を注意してしまう。（美容関連企業勤務・41歳）

Answer

カラオケって、人気ですよね。その時の自分の心情を代弁してくれるような歌詞を、人前で、しかもマイクまで使って大声で叫べる。これ、スカッとするんですよね。

逆に、自分の言いたいことを口に出せないシチュエーションが日常的に続くと、どんどん溜まっていくんですよね――ストレス。そう。

自分の内側にストレスを溜めないためにその場で思ったことを他人に直接吐き出してしまう行為って、「愛」ではないんですよね。

「相手のためを思って」とか「言ってくれる人がいるうちが花だからね!」とか、そんな後付けは8割ウソ。単純に、イラついているんですよね。

もちろん怒りの原因は周囲が作っているかもしれない。でも、苛立ちを飲み込んでからＴＰＯも言葉も選んで相手に伝える「愛のプロセス」をこなす余裕はない。だからその場でカラオケしちゃう。しかもそんなプレイにつける名前はあくまで「周囲への注意」。

バレています!

注意されている周囲は、あなたのカラオケに気づいてしまっている。そして、ココに負のスパイラルの元があるのです。

「あ〜この人まただよ」って思われてしまうと、肝心の話の内容まで軽視されてしまう。相手にリスペクトされなくなってくると、何を言ってもどんどん聞いてもらえなくなる↓イラつきは増す一方↓ここからは終わりなき負のループ（これ、育児でもよくあるパターンです）。

ただ、頭ではわかっていてもこの手の癖はすぐにはなおらない。私が提案するのは、爆発する自分はそのままに、相手を変えてみることです。「注意」というからには、今のあなたの相手は自分と同等、または下の立場にいる人ですよね。

想像してみてください！

あなたは部下たちに叫びます。「どいつもこいつも!! なってなさすぎ!!」

その時、一番下っ端で年齢も若い女の子があなたにこう言い返したらどうでしょう。

「まぁ、そうだけど。お前のその慢性的なイラつきもお前自身の欠落だけどな！」

かっこよくないですか？（笑）。彼女もまた我慢の限界により、ホンネのカラオケをかましてしまっただけです。あなたと同じです。ただ、相手が上司である場合、印象は異なってくる。

多くの人が言いたくても言えなかったことを代弁した彼女のカラオケは、周囲のインナー拍手を集めます。一目置かれる人物になった時、人は叫ばなくても言うことを聞いてもらえるようになる。苛立つ機会そのものが減少し始めます。

是非、自分よりも圧倒的に立場が上の人物への「注意」から始めてみてください。

時代と年齢、オトナのはなし

LiLy ×『オトナミューズ』編集長 渡辺佳代子

ジャスト37歳のL・iLyさんを迎え、オトナミューズ世代のリアルを聞き出そうと目論んだこの対談。

ですが、さすがの聞き上手。完全に立場が逆転してしまった「オトナのはなし」をどうぞ。

オトナミューズ創刊号をコンビニで初めて見たときの衝撃を、鮮明に覚えている。並んでいたレジへの列から一旦離れるほど、私はふと目に入った見慣れない雑誌の「オトナ」という三文字に強烈に惹きつけられた。雑誌コーナーまで歩いて梨花さんのカバーを直視した直後にはもう、「怖い」と感じた。大本命と出会ってしまって、もし、自分が受け入れてもらえなかったらどんなに傷つくかは知っている。だから瞬時に怖くなる。

あの感情は、比喩の域をこえてリアルに恋のようだった。

オトナミューズ編集長渡辺（以下W）「まさか突然リリィさんから原稿の持ち込みがあるとは思っていなかったので、私もびっくりしました（笑）。オトナミューズに〝外から〟反応してきてくれた最初の人で。というのも、『オトナミューズ』は『sweet』をずっと一緒に作ってきた仲間たちが年齢を重ねていく中で、次の受け皿としてチームのために創ったものだったので」

LiLy（以下L）「オトナこそが素敵だ！　というメッセージがカバーガール梨花さんの美しさとともに強烈なメッセージを放っていて、心を鷲掴みにされたんです。でも、新しい価値観を世に放とう！　という強い意志を持って創刊したというニュアンスではなかったと後から聞いて、それがなおさら興味深くて」

W「そう。私自身が意気込んで創ったということではなくて、本当に、自然な流れの中で生まれたのが『オトナミューズ』なんです。30歳前後をターゲットにした『sweet』以降の年齢層にこんなにもカッコイイモデルたちがいる！　なら、次を創らなきゃ、という必要に迫られるかたちで『オトナミューズ』は生まれました」

L「時代の流れが必然的に生んだ雑誌……。そこに既に不思議なパワーを感じます。そして、カバーに書かれていた読者ターゲットはピンポイントで〝37歳〟。私にとっては忘れられない数字です。より多くの人に買ってもらいたいというのがビジネスの根底にある中で、読者層をピンで絞るのは怖くなかったですか？」

W「怖くないですよ。『オトナミューズ』を『sweet』の増刊号として最初に出したときは〝30歳以下立ち入り禁止！〟と書いていたのですが、創刊するタイミングで〝37歳〟と手のひら返しをしちゃったんです。

ここには意味があって、当時の安室奈美恵さんの年齢に合わせました。昭和52年生まれ最強説というのが私の中であって、(佐田)真由美ちゃんや(岩堀)せりちゃんもそうなんですが、この年に生まれた女子の時代の主役感が半端じゃないとずっと感じていたので」

L「ッ!! それ、鳥肌が立つ話です。何故なら、私はまさに10代のころから体感としてそれが事実であることを知っている、彼女たちの4個下だからです。

昭和の終わりに結果的には10年くらいしか続かなかったギャルブームのど真ん中にいたのが、安室さんとタメの昭和52年生まれ。超イケてる高3の彼女たちに憧れまくっていたのが、中2の私世代という図式です(笑)」

W「なるほど、これは本当に面白いですね。カバーガールの梨花さんが、その安室さん世代より4歳上なんです。だから、みんなが少しずつ上に上にと憧れる年齢の図式が本当によくできていますね! って他人事みたいですが(笑)。でも、まるっと約10年をカバーすることになるんですね。私たちの年の差もちょうど10歳だし」

L「わぁ、凄い……。今、腑に落ちました。当然であり必然なんですね、私がコンビニでビビッと恋に落ちちゃったのは。だって、昭和56年生まれの私はずっと、自分より年上のイケてる人たちに追いつきたくて背伸びをして生きる宿命世代!

でも、だからこそ表紙に書かれた数字が怖かった。持ち込んだ原稿が読者層にハマる自信はあったけれど、年齢ではねられるかもって」

W「そう。これも今だから言える話ですが、リリィさん若過ぎるなぁって、年齢だけがネックだったんです」

L「ですよね。年下の女が書いているエッセイなんて、基本的には読みたくもないですよね（笑）」

W「読みたくないですよ！　小娘の話なんて！（笑）でもリリィさんは当時から既に育児もしていてエッセイの中にも大人としての生活があった」

L「渡辺さんが私の持ち込み原稿を読み終えた後の第一声が、忘れられないの。〝著者プロフィールに生年月日だけは書かずに始めましょう〟って。連載を始めることは渡辺さんの中で5分前くらいに決まっていて、始めるにあたっての具体的な解決策を提示した第一声がきたよ！って（笑）。渡辺さんの頭の回転の速さが喜びを上回るほどの衝撃でしたね」

W「いやいや、ただのせっかちなんですよ（笑）。あとは『オトナミューズ』にとっての〝身内感〟があるかどうか、は瞬時に分かるので。そして、5周年を迎えた今、リリィさんの年齢がぴったり37歳になったんです。あぁ、やっとリリィさんの年齢が言えるよー！（笑）」

L「あはは。わーい！（笑）37歳になれて本当に嬉しいです！でも、これって今の日本において本当に希望のある話。少し前の日本だったら〝おばさん〟だと言われてもおかしくなかった当時32歳で二児の母だった私が、〝若過ぎる年齢〟に悩んでいたという事実そのものが！

そこにオトナミューズの魅力が集約されている気さえします。オトナこそが美しいって、全ての女性にとって未来への希望しかないステイトメントですもの」

37歳、輝く季節が始まる。

L「ギャル時代をギャルとして生きた人間に共通するスローガンは、〝イケてるか死ぬか〟。オトナミューズモデルたちが放つ圧倒的なイケてるオーラに心底酔いしれています」

W「え、スローガン？どこの国の話ですか（笑）」

L「ここ日本ですよ！（笑）誌面に掲載されている選び抜かれた一着が素敵なのはもちろんですが、さらに選び抜かれたモデルがそれを着ているって、オトナミューズの醍醐味で」

W「はい。それはもう、自慢のモデルたちです！」

L「ケイト・モスもそうですが、オトナミューズモデルはオーラで服をカッコよく見せることができるプロが結集しているな、と。造形美だけではなく芯からイケてる女であることが滲むようにして誌面から伝わります。イケてるって言葉はチープかもしれないけど、要は、舐められない女」
W「わ、それは絶対に目標ですよね。誰もが目指したいところだと思います。舐められないって大切です！　それはそのまま尊敬できるということに繋がっていますから」

梨花さんがカバーを飾るオトナミューズを初めて見たときに感じた「怖い」が、正常な感覚だったのだと今改めて理解する。高貴なオトナの女から香り立つオーラに、それは必要不可欠なスパイス。

誌面から香り立つそんな匂いも、ピンポイントで設定された年齢も、徹底的にセグメントされている『オトナミューズ』のオトナな世界観。

どんなに年齢を重ねても、もっと背伸びをしていたいと思わせてくれる憧れの存在があることがどんなに生きる希望になることか。年々エイジングしてゆく女性にとって、それはとても具体的な未来への光。

「もっともっとオトナ（＝魅力的）になりたい」と思える時代にオトナでいられる幸せを、今ここに噛みしめる。

本書は『otona MUSE（オトナミューズ）』（小社）2014年7月号〜2016年8月号に掲載された連載に、書き下ろしの「あとがきにかえて」を加え、2016年10月に小社より刊行した単行本『ここからは、オトナのはなし』を文庫化したものです。

「LiLyがあなたの悩みに答えます!」は『otona MUSE』2020年5月号〜10月号に掲載された連載（提供：大塚製薬「エクエル」）を収録したものです。

宝島社文庫

ここからは、オトナのはなし

東京、30代前半、結婚と離婚

２０２０年10月20日 第1刷発行

著　者　LiLy

発行人　蓮見清一

発行所　株式会社宝島社

〒１０２-８３８８ 東京都千代田区一番町25番地

電話　編集 ☎０３-３２３９-０９２６

営業 ☎０３-３２３４-４６２１

https://tkj.jp

印刷・製本　株式会社廣済堂

First published 2016 by Takarajimasha, Inc.
ISBN 978-4-299-00973-9

LiLy（リリィ）

作家。１９８１年、横浜生まれ。蠍座。N.Y.、フロリダでの海外生活を経て上智大学卒。10歳から1日も欠かさず日記を書き始め、25歳の時に『おとこのつうしんぼ～平成の東京、20代の男と女、恋愛とSEX～』（講談社）でデビュー。リアルな描写が女性の圧倒的支持を得て、ファッション誌で多数のエッセイ・小説の連載を持つ。東京在住。２児の母。

HP　www.lilylilylily.tokyo

Instagram　@lilylilylilycom

イラスト　ekore

デザイン　大久保有彩

DTP　loops production